五谷杂粮

WU GU ZA LIANG

明心平 著

百花洲文艺出版社
BAIHUAZHOU LITERATURE AND ART PRESS

图书在版编目（CIP）数据

五谷杂粮 / 明心平著 . -- 南昌：百花洲文艺出版
社，2023.2（2024.11 重印）
ISBN 978-7-5500-4888-1

Ⅰ . ①五… Ⅱ . ①明… Ⅲ . ①文艺评论 – 中国 – 当代
– 文集 Ⅳ . ① I206.7-53

中国版本图书馆 CIP 数据核字（2022）第 240964 号

五谷杂粮

明心平 著

出 版 人	陈 波
策划编辑	朱 强
责任编辑	杨 萍　王园园
书籍设计	朱嘉琪
出版发行	百花洲文艺出版社
社　　址	南昌市红谷滩区世贸路898号博能中心Ⅰ期A座20楼
邮　　编	330038
经　　销	全国新华书店
印　　刷	江西省和平印务有限公司
开　　本	710 mm×1000 mm　1/16　印张 11.25
版　　次	2023年2月第1版
印　　次	2024年11月第3次印刷
字　　数	120千字
书　　号	ISBN 978-7-5500-4888-1
定　　价	52.00元

目录

来自赣南采茶剧团下乡演出的报告

夕阳残照。

坑坑洼洼曲曲弯弯的山间小路。

一群男女老少，肩挑手提行装，蹒跚而来。慵散的夕阳拉出他们细长的身影，五颜六色的服饰折射出耀眼的光彩，招来路旁村民、行人好奇的目光。

他们是谁？他们是赣南采茶剧团的采茶戏演出队，正在向一个演出点进发。

自年初赣南采茶剧团实行招标承包以来，新任领导班子大胆改革，锐意进取，按优化劳动组合的要求组成了一个采茶戏演出队，两个轻音乐队，一个多种经营队。队与剧团签订了承包合同书。

采茶队一共24人，被人们称为"采茶明星队"，既有二十世纪五六十年代就家喻户晓的李宝春、张少华、曾靖仙等，也有二十世纪七八十年代涌现出来的黄玉英、杨明瑞、潘桃桃等中青年优秀演员。从9月份起，他们就巡演在赣南的山旮旯里、乡村剧院、农家晒坪、学校操场、敬老院、厂矿、林场、垦殖场……一路上撒下了《试妻》《母老虎上轿》《搭船遇仙》《王小二过年》《凉亭夜斗》……

一路的艰辛

艺术需要无私的奉献，需要一颗赤诚之心。在戏曲不景气的哀叹声中，要蹚出一条前人没涉足的路来，付出的代价是沉重的。

采茶戏已失去了往日的光环，罩住人们心灵的是一团团阴云。春节过后初三、四，剧团精心准备了两台节目，在赣州市到处张贴海报，想在龙年里交个头运。然而，观众却寥若晨星。城里没了观众，待引爆的导火索点不着，农村又何如？抱着试试看的心情，他们踏上了干坼的红土地。

　　自带被席，自租农用车、发电机，自搭舞台……舞台是演出场所，也是他们常常住宿的"旅店"，巨大的帷幕则成了他们天然的蚊帐、挡风屏。会议室、售票房、过道、便宜的个体饭馆，他们也曾栖过身。几条板凳、几块木板、会议桌，拼在一起当床铺。找不到板子，就索性睡地铺。一块油布、一床毯子、小小的棉被，就成了他们的安乐之窝。透彻心骨的寒风，叽叽喳喳的老鼠，冻不死饿瘪了的苍蝇、蚊子常常来惠顾。

　　在赣县韩坊乡，睡在舞台上，四壁漏风，呜呜的风声就如他们讲的像银行里点钞机数票子一样哗啦作响。实在没法，把随身带的能穿的都穿上，帐子也挂起来挡风，有的干脆缩紧身子把伸脚的那头捆束起来。

　　一天两三场，装台、演出、卸台，紧张地忙碌着，个个都累得精瘦精瘦，头发贼长，筋疲力尽。尽管是自搭灶台弄饭吃，可难于吃上一顿安稳的热饭。有时饭送上舞台，来不及卸装，囫囵吞下就又匆匆上阵……

　　嗓子嘶哑了，吞下一把喉片；胃病复发了，强咽进几粒猴菇菌片；感冒发烧就用速效感冒丸来对付……脚气病、皮肤皲裂、腰酸腿痛，在他们看来，就不能算是病了，家常便饭，任其自便了。

一两天一个点，当星星还在打盹的时候，就已经传来了他们起程的脚步声。演出点路况好的还可以坐班车、敞篷车去，不通车或班车不停站的，就只能步行去了。在龙南车站，等上一个多小时还不叫上车，刺骨的晨风冷得他们直打战，几个年轻人跳起迪斯科、皮筋舞来取暖祛寒。

背着行李，提着包，在山间小道上跋山涉水。采茶戏是土生土长的，但我们的演员却生活在城里，习惯了在平平整整的水泥道上漫行。一走上山路，高跟鞋、皮鞋夹得两足生痛，磨起血红的大泡，一碰破，痛得人龇牙咧嘴。

一出去就是几个月，家里油盐柴米，呱呱坠地的小天使，提着心面临统考的心肝宝贝，生病住院的老伴……一切都顾不上了。只能在临睡前，跟同伴戏谑谈论"我们家里那个……"寄托着思念、牵挂。

紧张艰苦的生活，使他们更加友爱，更加团结一心。每到一处，年轻力壮的自觉地搬卸道具，爬上檐梁装台、卸台。好不容易弄到几间稍好的房子，就都让给女同志、老同志。老同志也不顾年老体弱、路途劳累，主动生火煮饭、折叠服装。还利用自己的老关系、老朋友、老熟人联系演出场所，提供便利条件，为演出煞费苦心，四处奔波。

一位 20 世纪 50 年代参加工作的老舞美师感叹地说："真像回到了五十年代呦！"

一路的歌声

劳动总是跟价值成正比的。而对于文艺界的人士来说，成正比的应是最高衡量标准——社会效益，绝不应是其他。

翻开他们的演出日志，清楚地记载了他们转战千里的巨大收获：

12 月 4 日，龙南县桃江乡，曾家围子。

老表们穿戴一新，过年似的。古老的围墙激动得笑裂了嘴，庄重的曾家祠堂笑吟吟地敞开了大门，把远方来的稀客拥进自己的怀抱。"地区来的剧团！"在这里的曾家历史上，还是开天辟地头一遭。楼梯、梁上挂满了笑脸，祠堂坪上摩肩接踵，挤满了如饥似渴的观众……

敦厚的乡民们捧出了香扑扑的花生、栗子、油炸烫皮，满满地斟上一碗酽酽的米酒。"你们演场戏文，赛过我们开十场大会咧！"年过半百的老支书紧紧地握住队员们的双手……

一封大红的感谢信，铺在队员们面前，朴拙的墨迹还未全干：

赣南采茶队全体同志：

你们不辞辛苦，跋山涉水到我院慰问演出，节目短小精彩，演艺高超，内容丰富，使我院老人看得喜笑颜开，万分高兴。在此，向你们表示衷心的感谢！

南塘乡光荣敬老院集体敬上

南塘乡，是赣县靠北边的乡。敬老院里聚集着老红军、老游击队员、老战士十几个。他们物质生活自不待说是幸福的，但在乡下，只能看看电视、下下棋，天长日久，在精神上不免感到孤独、寂寞。采茶队没有忘记他们，步行送戏上门，热情地为他们演出，使这些老人们一个个都"感激泪淋"。

他们每到一处，都设法抢先给敬老院演上一场。在王母渡乡敬老院演出时，一位70多岁的老婆婆竟情不自禁地喊出了"共产党万岁！"这一多年没喊过、没听过的口号！在场的人感慨万分。老人们更是激动，吧嗒吧嗒的眼泪淌流满面，话也说不成串，于是把一颗颗激动的心串成一挂挂长长的鞭炮，噼噼啪啪爆发出欢乐和感激，在寂寥多时的村落里震响。

…………

18个演出点萦绕着他们的歌声，几万老表观看了他们精彩的表演。他们一共演出了85场，其中为敬老院、矿区、林（茶、垦殖）场义演了19场，学校包场演出22场，观众达三万五千多人次。

一路的关心

在单一的计划经济逐渐转向两种经济体制并存的今天，领导的关注，依然具有极强的精神推动力。

"你们为农民送戏上门，我们专程来看望大家。"11月22日下午，地委书记黄名鑫、副书记刘学文、地委宣传部部长胡国铤、地区文化局局长李兴枋，风尘仆仆赶到赣县大埠乡看望采茶队。

在听取汇报后，黄书记高兴地说："赣南采茶戏是祖国百花园中一朵艳丽的山茶花，她以自己的特色赢得了广大人民群众的喜爱。我们要精心培育、扶持赣南采茶戏……"紧接着刘学文副书记也说："你们下乡来演出不是来发财，而是为了事业，为着农民来吃苦的，这种精神很值得提倡和学习。"

"地委书记专程来农村演出点看望我们，这是从来没有过的事啊！"一位老演员竟感动得当众哭了起来。

　　新调来的地委副书记刘祖三正在龙南县检查工作，听说采茶队到了龙南，吃罢晚饭，不顾工作疲劳，便与龙南县委书记邱全校赶来看戏。演出结束帷幕还未全拉上，他就登上台，"你们辛苦了！"一句话说得大伙心里热乎乎的，鼻子酸溜溜的。……龙南县副县长曾昭驹亲自带着老宣传部长蔡宪銮、县文化局长廖德明驱车为演出队打前站。在乡下演出遇到困难时，又连夜打来电话，督促当地乡政府协助解决。

　　没有汽油，地区计委、经委，赣县，信丰县送来了。在离开赣县田村乡时，车子没油了，油库值班的又不在，乡党委书记砸开锁，为采茶队灌了满满的一桶油。"为了你们，我第一次砸油库的锁……"

　　没有电，龙南县邮电局发动柴油机，赣县桃江乡电站在照明都难于维持的情况下，准时为演出送电。

　　吃高价粮，有关单位热心帮忙解决，使演出队吃上平价粮。

　　国营九连山垦殖场还把演出场租、电费、住宿费一一免去。

　　…………

一道道令人疑惑的怪题

几十年实行文化消费的供给制，培养了一批看白戏的"特权人物"，他们时不时地还要出来故伎重演。

作为一个演出团体下乡，受到诸多因素的制约。遗憾的是，在工商、税务、治安、供电、交通、粮食等部门中，仍有少量爱看白戏的"特权人物"。

"叫你们带队的来一下！"身着制服的工商、税务人员找上门来了，口气咄咄逼人。然而只要往他们手中塞上几张戏票，一切均化为乌有。

治安人员负责保卫工作，维持地方秩序，本是义不容辞的职责，可有的派出所竟伸手要执勤费、加班费。

乡村级一般只有一个礼堂，演戏、放电影常常打架。互相让一下吧，都说会造成损失；联合起来既放电影又演戏吧，观众又不满意。到头来，吃亏、作出牺牲的往往还是演戏的。

演出需要照明，要有灯光效果，供电所、发电站是千万得罪不得的。打前站的人总是小心翼翼，稍伺候不恭，闸刀一拉，一片漆黑，口哨声、吆喝声四起，台下大乱。"现在是枯水期，用电困难，要保证生产用电。"理由多么正当！要么就是某个地方出了毛病。自然事故，无可指责。类似这样的总有办法叫你演出的下不了台，有苦道不出。

"谁都卡得我们到！"队员们私下谈论时，常常气得两眼冒火。好在采茶队老同志多，带队的同志沉得住气，常常告诫大伙，要多从事业着想，能够演上戏，演好戏，老表看得满意，吃点眼前亏、受点气都不要紧。由是才避免了诸多事端的发生。

演出场地也成问题。乡村礼堂大都是二十世纪六七十年代建的，年久失修，只剩下个空架子。四处透风漏雨，舞台木板被虫蛀得腐朽不堪，踏上去嘎吱嘎吱响，走台步胆战心惊，生怕塌陷下去。剧场有的成了木材房、化肥库，有的则碎砖头、烂木板、破瓶子打堆。木板凳缺胳膊少腿，东倒西歪。要演出就得清理、打扫，弄得尘土飞扬。队员们弄完后到外面一瞧，"哟！我们扮清洁工都不要化妆啰！"

一路的思索

采茶队在巡演的征途上，抛下了一份份问卷，等待着人们的，是如何去做解答。

〔问卷①〕：赣南是"三区"（老区、山区、贫困区）并誉，人均收入还只有三四百元，交通不便，文化设施落后，电影、电视辐射面还极有限，看戏仍然是主要的精神需求，老表们依然爱看土生土长的采茶戏。而我们大部分剧团却因种种缘由，热衷于轻音乐、歌舞，极少下到乡村。农民看戏难的问题依然存在！采茶戏源于斯，育于斯，也必将服务于斯。"把采茶戏送上门，还归于老表！"这是地区文化局，也是赣南采茶剧团提出的口号，已正在一步步付诸行动。但正如前所述的，剧团要深入下去，光靠文化主管部门或剧团的一厢情愿是不行的。各级党政部门、有关单位如何采取支持与协作的态度，制定统一的配套措施，剪除各种人为设置的关卡，实行优惠的政策，为剧团下去演出尽可能地创造条件？

〔问卷②〕：按照价值规律，价格围绕价值上下波动，但在目前农村文化市场不发达的情况下，价格却严重背离这一规律。从经济的角度来看，是做亏本生意；而作为专业艺术表演团体，社会效益为最高标准，必须坚持。地方剧团占领农村文化市场，不可推诿。但在商品经济大潮冲击下的今天，商品经济的观念越来越占据人们的头脑，加之物价上涨幅度过快，承受能力已达极限，钱的因素不能不使这些"清高"的人们把其位置扶正，拿在手里掂量再三。演采茶戏局限于本地区（主要是农村），五六毛钱一张票，一场收入几十块、一百来块，除去场租、电费、广告费、交通费等杂七杂八的开支，余下来的仅够伙食尾子（此次下去剧团给每人每场两元的补助才得以维持演出）；而轻音乐队可以远走高飞，到诸如广东、海南、福建、浙江一带更开放、经济更发达的地区演出，观众多，票价高，场次净收入都能保证在五六百元。尽管人们在主观感情上不甘心，也不愿放弃采茶戏事业，但客观上，摆在眼皮底下的差距也是明显的。如何打破这种分配上的不公平现象？很值得人们去探讨、研究。

〔问卷③〕：采茶戏本身累积的问题，也在巡演中明显地暴露出来：

1. 剧目的老化。采茶队带去下乡演出的剧目，极大部分是在二十世纪五六十年代创作的，有的还是新中国成立前民间戏班子沿袭下来的。虽然都经过不同程度的改编、加工，但更多的还是流于形式，且又受原框架的束缚，内容上显得单薄，多男欢女爱，缺乏深层的内核；结构上线条单一，过于追求戏剧效果；表演形式还是承袭原先的矮子步、扇子舞、单袖筒等，极少变化；曲牌上"三腔一调"，旋律个性不突出，行腔平庸。固守原有的套式，难于出新，与现代人的情趣、审美需求相距甚远，难以得到观众尤其是青年观众的青睐。难怪剧团一位老会计要说："我二十世纪五十年代参加工作时，看的是《睄妹子》《钓拐》《补皮鞋》，我儿子现在二十几岁了，看的也是《睄妹子》《钓拐》《补皮鞋》，不晓得我孙子那辈看什么了。"言语中不无悲哀、凄楚。

2.演员的青黄不接。表演艺术是"青春"艺术，"年岁不饶人"在这个行当体现得最为突出。采茶队平均年龄38岁，最大的已快进入花甲之年。这么严重的老龄化现象，不能不使人感到忧虑。

过去我们培养演职员，采取师带徒的方式，徒弟从小就跟随在师傅左右，传统的东西易于承袭下来，也曾涌现一批知名度颇高的演职员。然而时至今日，这种老方式已很难适应急速变化的形势：不注重文化水准的提高，新的、外来的艺术精华难于被接纳、移植，一味靠背功、编导说戏，是难于把剧本的内涵完全理解深化的，更不用说创新了。其后遗症的严重性到了中老年后显得更为突出：除会演出外，相当一部分人难于胜任他项工作，成了"半截子"的人；加上从事艺术被认为是层次较高的行当，一般的工种也不愿意接受。工作转行安排困难重重，失落感、空虚感时时缠绕。

近几年，这种传统的培养方式已被专业院校分配来的毕业生所取代，情势有所好转。然而人虽分在戏曲团体，但没有采取必要的行政规定，大部分人还是被轻音乐歌舞吸引过去，反而把学校里学的弃置一旁，白白荒废掉。

青黄不接，后继乏人的现象已危及整个采茶戏事业。这绝不是危言耸听！

要求得生存、发展，采茶戏内部机制又如何变更、转换、创新，这又是一份棘手的问卷。

（此文刊发于《赣南文化报》1989 年 1 月 1 日）

面向农村，坚持为农民服务

——南康县采茶剧团纪事

认准方向，走自己的路

"一根扁担两根绳，走村串户唱戏文。"这是南康县采茶剧团引以为豪的光荣历史的写照。今天，戏剧出现滑坡，走入低谷，该团也一度陷入困境。剧团该走什么路？是新打锣鼓另开张，还是继续写过去的光荣历史，走坚持为农民演出的泥腿子路？围绕这个问题，南康县采茶剧团组织大家反复学习邓小平同志的有关讲话和上级有关剧团改革的文件后明确：剧团改革目的是要出人出剧出效益，而最终目的是要坚持"二为"方向。南康县人口六十八万，农村人口占百分之九十八。三十个乡镇，三百多个自然村，是一个典型的山区农业县。在这样一个典型环境中，坚持"二为"方向，就是要立足农村，坚持为农民服务。唯有如此，才能开拓更广阔的演出市场，真正找到剧团存在的价值。为此，该团提出"立足本县，面向农村，下乡进坑，为老表演出"的口号，并付诸行动。自 1986 年至 1988 年，该剧团演出八百零八场，其中农村场次五百九十七场。演出收入从三点三万元增至七点五万元。剧团终于从困境中走了出来，找到了一条适合剧团生存的路子。

轻装上阵，组织"轻骑"队

在县委、县政府的支持下，该团先后调出二十人，又招收十名年轻演员，更新队伍，使剧团平均年龄下降了十岁。队伍富有朝气，成为一支能分能合的"轻骑"队。

农村演出条件各异。有的乡镇有成千上万人，有的山村则不到百人；有的建起了新式剧场，有的则连小舞台也没有。针对这种情况，该团采取集中与分散相结合的方法演出，深入到祠堂、坪地、禾场、田边，让农民在家门口也能看到戏。为适应这种演出，他们在布景、服装、道具、器材上尽量做到精装

简行，注意小、巧、轻、便四个特点，这是该团长期坚持农村
演出的又一个重要原因。

为群众着想，演农民喜闻乐见的戏

该团对传统采茶剧目进行整理、改编、挖掘，赋予其新的
内容，融进新的表演程式。如把《阿三打铁》《吹鼓手招亲》
等戏重新搬上舞台。同时，在尽量节省的原则下，集中一定的
人力、物力、财力排演诸如《家庭公案》《海迪之歌》《救救
她》《嫁不出去的姑娘》《滴血婚姻》等新戏。还自己动手创
作排演表现革命历史题材的采茶小戏《金嫂》，反映新时期农
村婚姻道德题材的大型采茶戏《风雨姐妹花》《春风难度寡婆
桥》等，深受农民欢迎。

立足农村，建立演出网点

该团在本县具有演出条件的乡镇中建立了二十一个演出
点。为了巩固这些基本演出点，剧团每年至少下去演出一次。
同时，为了不断扩建演出点，对条件差的乡村，演出队"一根

扁担两根绳，一把电筒两节油"，肩挑手提，自带被席、发电机，送戏上门。如该县隆木乡邹家地村，海拔一千八百米，全村仅三百来人，老表到圩镇看戏要走几十里山路，县剧团到那儿连演几天，感动得老表直说"共产党好！"。在另一个演出点，一次只卖了十五元钱的票钱，他们也不计得失，坚持演出，老表感动地说："到底是自己的剧团啊！"

通过种种努力，该团不仅取得了较好的经济效益，也取得了较好的社会效益，从而，使剧团在农村常演不衰。

（此文与南康县文化局陈元君同志、赣州地区文化局黄明光同志合作，为全国剧团改革经验交流材料，《赣南日报》1989 年 8 月 4 日刊发，有删节。）

此时无形胜有形

—— 谈电影《寡妇村》的虚化艺术处理

　　被人们标为中国第一部"儿童不宜"而又极为卖座的影片，《寡妇村》在艺术虚化处理上有其独到之处。试看：

　　"床上戏"镜头的虚化。

　　"床上戏"历来被视为"敏感点"，往往使编导犯难，演员、观众也有一定的承受限度，审查机构也有一定的容许限度。《寡妇村》紧紧围绕两性问题展开情节，集中描写我国东南沿海一个渔村三对夫妻（婷姐与万福，阿多与四德，阿来与阿泰）两个晚上（清明、中秋）的夜生活。"床上戏"作为剧情的焦点，在裸露分寸的把握上，导演颇费了一番功夫，运用虚化处理，强化光、声效果，营造氛围，如暗黑的光色，压抑、痛苦状的哼哼唧唧的喘息声，似露非露，直观看并不露，观众感受到的却是露的。没有去追求、渲染低层次的感官刺激，却准确地揭示了人物的心态和微妙的心理变化，较为充分地反映出在愚昧、残酷的封建礼教、陈规陋习的桎梏下的性饥渴、身心的痛苦煎熬和人性的扭曲。这样，传递给人们的早已超出了生物意义上的性范畴，而是一种性文化，一种对传统文化、风俗的深刻反思。

"规矩""耻笑"物象代表的虚化。

代表封建礼教、旧习俗的"规矩""耻笑"严重地扼杀、摧残着三对年轻夫妻，左右着他们的言行，但"规矩"在影片中已不是某个具体的活生生的代表，受人"耻笑"也不在某个具体场景中表现，而是经过虚化处理，注入主人公的骨髓中，主宰着人的灵魂，成为活着、做人的樊笼。

政治背景的虚化。

在影片的后半部，三对夫妻已不同程度地开始对抗、冲破祖宗的规矩、旧习俗的藩篱，但在一场巨大的灾难（抓壮丁）降临后，美梦宣告破灭，三名妇人又重复着老辈人守活寡的窒息生活。作为灾难的制造者，国民党官兵并没有在影片中处于特别突出的位置，只是在远景镜头中零星出现一两个持枪的兵，只闻其声不见其人。在这里，虚化的政治背景已变成了一种与传统文化共同起作用的决定人命运的因素，与影片的整体格调趋于一致，没有给人一种突兀、画蛇添足之感。

虚化处理是电影艺术中的一种常用的手法，但《寡妇村》运用得那么恰当、独到，意蕴那么深远，是少有的难能可贵的。

（此文刊发于《赣南日报》1989 年 8 月 15 日）

"邻居要互相走动走动"

——访龙岩市山歌剧团导演李雨民

"我是赣州的常客哩！对赣南这个老邻居还是蛮熟悉的。"一见面，李雨民就这样对我说。

李雨民是福建省龙岩市山歌剧团的导演，这次是为参加闽粤赣边区首届艺术节而来赣州的。八月二十四日下午，我到赣南宾馆他下榻处采访。他说："作为从事文艺工作的人，我对赣南采茶戏、兴国山歌很有兴趣。我反复比较过，同属客家语系的赣南采茶戏和龙岩山歌剧在取材和表演手法、程式等方面都有惊人的相似之处。如都擅长表现人民群众的生活习性、喜怒哀乐；采茶戏的矮子步、扇子舞、单袖筒等跟山歌剧的载歌载舞如出一辙。"谈到这届艺术节，他说："我们山歌剧是个新剧种，刚进入而立之年，条条框框约束少，很需要也较容易吸收外来艺术优点。艺术节为我们提供了这样的好机会，实在难得。"

高大壮实的李雨民话语并不多，不是那种很能侃的人，说到激动处，习惯性地借助导演手势比画着："我们这次推出的《故人》一剧，我既是导演之一，又是演员，扮演剧中的李九斤。这个戏，是个尝试，看过后你就会晓得，全剧从三十年代写到七十年代，时空跨度非常大，用系列人物传记式片段贯穿组合，表现一位善良妇女的人生命运悲剧。主题是多义性的，以便让观众尽可能地找到沟通支点。在艺术处理上采用中、西多种艺术手段糅合。比如结构上采用布莱希特的'间离效果'把观众的情感逻辑从故事的发展顺序中间离出来；表演按斯坦尼'当众孤独'原理和中国传统戏曲的'注重人物情感的抒发与人物性格发展的逻辑'，加深演员对人物性格、情感的开掘。在横向上还借用了电影蒙太奇手法，利用灯光切割，实现多场景同台演出的效果，还把歌队、乐队搬上舞台，使整个演出更为丰实。通过外化的舞蹈动作揭示复杂的人物心理变化，引起观众哲理性的思考。"说到戏剧，他兴奋得两眼放光："这出戏，我们是花了代价、付出了心血的，得到不少观众和行家们的肯定。在福建省第十七届戏剧展览演出中获六项奖，其中为表彰富有创新的导演而特设的两个优秀导演奖，我们就得了一个。"

"能否谈谈您自己呢？"我恳切地望着李雨民。

"我个人嘛，没什么过多说的！"李雨民摇摇手，诚恳地说，"你要写就写我们这个戏、这个剧团吧！戏剧是高度的综合性艺术。正因为我们山歌剧团有这么个志同道合的班子，这么个有相当专业艺术功力的创作群体，才创作出《故人》这样的剧目。"

最后，他说："我们邻居应该经常相互走动走动，促进闽、粤、赣三省边区文艺事业的发展。"

（此文为"闽粤赣三省边区首届艺术节（赣州）"时采访所写，《赣南日报》1989 年 8 月 26 日刊发）

书趣散忆

读书有趣，我始终都这么以为。

记得年幼时，六七岁吧，我就迷上了小人书。一日，父亲买了一本连环画给我，像贾父试探宝玉似的，想看看他的宝贝儿子究竟有几分出息。里头的字我是识不得的。前后翻弄几下，颇觉好看、好玩。书中讲述的是一群孩子在海岛捉拿台湾特务的故事，现在还依稀记得，有海生、哑妹之类的英雄少年，有个叫蒋登九的特务，从台湾大老远偷摸上大陆，想刺探情报，竟被小孩们捉住了。

这就是我接触到的第一本书——《海岛之子》，也可算是启蒙读本吧。当然在今日看来是不行的了，浅了！然而当日得此书，竟当成宝贝，一有空就拿出来翻弄。末了，还每每模仿，也在腰间扎根皮带（不过是牛绳罢了），袖子挽得高高的，操根木棍作枪，一股劲地抓起"特务"来。

书是会读起瘾头的。以后每至街上，径直就去书店，买到一本书，就蹲在角落看，细细地品味。那模样，那神态，现在也很难忘。农家子弟，口袋里是难得有几文钱的，逢年过节俵的压岁钱，买东西所余的零头，小心翼翼地一点点积攒起来。还不够，就自己想法子，摸鱼、捉泥鳅、挖草药、砍柴火，把它们拿到集市上去卖，即可弄到几个钱买书。于是，《地雷战》《地道战》《敌后武工队》《海岛怒潮》《红岩》《林海雪原》……只要当时有卖的而自己又没看过的，统统地搬回了家。

书多了，就用旧板子钉了一个箱子，贴上"有借有还百来回，有借无还就一回"的告示。小时候，人是比较小气的，书轻易不肯借人，"物物交换"倒还差不多。

说起来好笑，我读书还曾有过类似孔乙己"窃书不算偷"式的行为。读书劲头越来越足，瘾头越来越大，小人书不过瘾了，就想看大部头，见到人家有，手就痒得不行，可又没这么多钱买，如何是好？只有去"窃"了。我们读中学时，每个人都有个抽屉，书放在里头，除假日外，很少带走。只要我发现哪个有，就趁他去吃饭之机，悄悄地"窃"出来，快快地翻，急急地看，如饥似渴。临到人家快吃完饭了，就又神不知鬼不觉地塞回去。有好几回饭都被人端去吃掉了，只留下一个空空的钵子在那里发愣。这样也好，我"窃"人家的书看，人家"窃"我的饭吃，都是人所需要的"粮食"。想想，心里自觉坦然了。

现在再也不用去"窃"书看了，除了自己掏钱买，单位还发书报费，也可到图书馆借。然而，每当忆及那些事，心里就有股说不出的甜酸味，当然，甜味总是多于酸味。

（此文刊发于《精神文明报》1989年10月18日、《赣南日报》1990年6月10日、《黑龙江日报》1990年7月21日）

红土地眷恋

　　他眷恋这块红土地，眷恋她红色的历史。他浑身挂满了牌牌：中国电视艺术家协会会员、中国电影文学学会会员、中国戏剧家协会会员、中国电影艺术家协会江西分会理事、赣南影视协会常务副主席。他一天到晚乐呵呵"瞎"忙，又是编故事、撰传记，又是写戏曲、电影、电视剧本。在赣南山沟沟里扯起了"红土地文学"旗幡，呼啦啦地舞甩着，宣称要给苏区历史来个真实的"活史料"载录，供后人追思、咀嚼。尤其是近十来年，别人创作急功近利，闹凶杀，搞武打，热衷描写卿卿我我，而他却甘于寂寞，甘于清贫，抱着革命历史题材不肯放手。他不仅自己写，也鼓动别人写。一旦发现个好"苗子"，便引入斗室，唠唠叨叨，一心想将其诱入"圈套"。末了，还小酌一杯，以示成交。用心可谓良苦！众人皆曰：此翁憨直、热心、随和，难得难得！

人说赣南集贫穷、富有于一身，单说矿产，就有钨砂、稀土、金、铀……就是不易开采，采出来又难精选精炼。在茅草丛生、酸性极强的红壤里培植起来的赣南文学，根基也甚浅，你欲破土刨掘藏于地底下的"富矿"，一镐抢下去，火星四溅，想成"富翁"还真不容易。他却很有耐力，刨掘20余年，足迹遍及赣南闽西20多个县(市)，找老红军、老游击队员、老赤卫队员……一个个去拜访，在山旮旯里如寻觅恋人似的，拳拳痴情于苏区题材，把整个苏区历史嚼得稀烂，几度风雨几度春秋，居然掘出几颗很有分量的"钨金"来：《贫穷的富翁》《封锁线上的交易》《赤都财魁毛泽民》……有的还频频获奖。人们因此封了他个"老区淘金者"的雅号。

他祖籍靖安。1941年生于东乡，长于余江。茅庐未出就戴了顶余江中学红色歌舞团团长的乌纱帽，神气活现，斗胆要去当大导演，学艺术。一封误信，一场大水，误了艺术院校的考期，阴差阳错，他投到赣南师院中文系，他居然也乐颠颠地栖身于此，不知天高地厚地写起剧本来，编了个《补缺》，闹得学院又是排又是演，忙乎了好一阵。大学一毕业，他拖着个大板车，载上几大包书，拱进了赣州市赣剧团的大门。由此侍弄文艺二十余载，虽五易单位，但初衷未改。他现为赣州地区戏剧创作研究室二级编剧。

此文还未收尾，又得悉由他编剧的大型赣南采茶音乐剧《烽火奇缘》在省第二届"玉茗花"戏剧节上获奖；四集电视连续剧《赤都财魁毛泽民》也已由潇湘电影制片厂开机拍摄；最近赣南推选"拔尖人才"他又榜上有名。

嗨！这个舒龙。

（此文刊发于《江西日报》1989 年 10 月 28 日）

"毛氏三兄弟"同展风采

由舒龙编剧、张今标导演,潇湘电影制片厂摄制的四集电视剧《赤都财魁毛泽民》以纪实性的手法再现了毛泽民同志1932年在中央苏区创办我党历史上第一个国家银行——中华苏维埃共和国国家银行这一鲜为人知的历史,第一次展现毛泽东、毛泽民、毛泽覃三兄弟在中央苏区时的战斗生活。

北京的"毛氏三兄弟"

毛泽东的饰演者是总政话剧团的车予正,摄制组的人都喜欢称这位身材魁梧的特型演员为"大车"。他刚在国庆期间演完《中国：1949》，就匆匆赶到江西瑞金，参加该剧的摄制。"财魁"毛泽民的扮演者戈文义乃北京电影学院表演系讲师，以前忙于教学，戏演得不多，导演是看了他送给学生的一张照片后选中他的。毛泽覃由李辉扮演，这位北京电影学院的毕业生现在是北影演员剧团的演员，曾在影片《陆军见习官》《棋王》中担任过角色，扮演历史人物还是第一次。他们从北京汇集到江西，多亏导演牵线，"三兄弟"特在下榻处备薄酒一杯以表敬意。

女儿演母亲

毛泽民的原配夫人钱希均是当时的中央政府总支副书记兼国家银行金库会计，听说要投拍《赤》剧，钱希均非常支持，并为摄制组提供了有关毛泽民的许多宝贵资料。导演在拜访她的过程中，发现她的女儿周幼勤酷似年轻时的钱希均，便请女儿演母亲。身材娇小的周幼勤现在是解放军804医院的中校主治医师，40年来第一次涉足艺坛。今年9月，钱希均在北京逝世，周幼勤料理完家事便强忍悲痛赶到摄制组，边学边演起来。

摄尽苏区风情

　　全剧一千多个镜头有相当一部分在瑞金选景。其中有气势宏大的叶坪阅兵场、红军烈士纪念塔、苏维埃第一次代表大会会址、毛泽东旧居、苏区大礼堂、红井等革命旧址，还有红军时期的土布制服、草鞋，红军战士用过的土枪、马刀、马灯、炊具，均一一摄入镜头。拍摄现场不时响起的枪炮声、阅兵式上整齐雄壮的步伐声，以及不时闪现的毛泽东、周恩来、朱德、邓子恢等老一辈革命家的音容笑貌，都使人仿佛置身于昔日的红色根据地，一种豪情油然而生。

（此文刊发于《羊城晚报》1989 年 11 月 4 日）

尹林春和他的散文

尹林春 21 岁就加入了中国散文学会,还挂上了赣州地区文学工作者协会副秘书长和赣州市作家企业家联谊会副秘书长两块牌牌!我与他结识仅在四五个月以前,时间短得很,根本说不上是老朋友,两人却一见如故,黏糊得火热。很快我便知道了他的"底细"。

他,一九六六年出生在上犹江畔,一九八五年毕业于赣南师院中文系,留校做《学报》编辑,由此五年不足,道路可谓顺顺当当的。略有不中意的是被录入师范院校,要当孩子王、教书匠，这在年轻人心里实在是无可奈何的事了。他因而发奋写作，想把原有的一点子文学兴趣变成一种事业，一种追求。最初写"读者来信"、小报道、辑录名人名言（他的大名第一次变成铅字，便是在《赣南报》上刊登了一则"读者来信"：呼吁保护白塔。得到的五毛钱稿费的汇款单至今还小心翼翼、完好无损地珍藏在抽屉里）。后在《赣南报》上发表了第一篇文学作品《杨老汉和他的女儿》（他至今还对 1983 年 11 月 26 日下午自己在文清路赣州地区老邮电局阅报栏前范进中举似的狂喜记忆犹新，当时喉咙奇痒，巴不得告诉文清路上每一个来去匆匆的行人）。由此一发而不可收。《江西青年报》《南昌晚报》《妇女之声报》《精神文明报》《中国林业报》《江西教育》《赣江文学》《散文》等都刊登过他的作品。他还是赣南师院"南荷"文学社的创办人。取名"南荷"，意在激励和希望这个社团，像南国荷花，纯洁、清秀、高雅，永飘清香！

他的作品散文居多。人说散文是适合老年人写的，而他却颠倒过来，胡须没长几根，却玩得颇有意味，颇为轻松。

青草溪水边，放牧着雪白雪白的鹅群，我卧在绿地上看《下次开船港》《兵临城下》《钻天锋》……

他曾如是说他童年的生活。无疑，那绿、那溪、那鹅、那书给了他和他的作品不小的潜移默化作用。

打开他的作品，一股清新的灵气，一种浓郁的情怀，一份平和的意境，会立时沁入你的心地。

天，湛蓝湛蓝的。早春的细风，略带着几分寒意，缕缕清净和新爽……天！我发现什么了？犹如在漆黑的夜空望见了两颗晶亮的星星，我惊讶地发现：她有一双挺美的眼睛！两只泉水一般的清澈的眸子，正无声地流溢着钦羡、聪睿和自信……（《觅》）

已经是深秋了，校园里平常最为热闹的荷塘岸畔，今天显得格外寂寥，清冷。天上的月儿，雾绕云缠，漏下朦朦胧胧的暗光。（《秋惑》）

他的散文充盈着爱：爱故土、爱乡民、爱学友、爱人生、爱社会……没有徒劳的埋怨，没有玩世的调侃，没有故作的洒脱，处处流泻的都是纯真的情感，深沉的眷恋，殷切的希冀。

……眺望西南，我不由得想起赣南——我的故乡，想起那一片被无数革命先烈的鲜血染红的现在仍然贫困的土地。赣南啊，赣南，如果说，蜿蜒不屈的长江，是我们伟大的祖国怀抱里的一条巨龙，那你看到了宝钢，这颗闪耀在巨龙之首的璀璨的明珠吗？我期待着，宝钢的雄姿，宝钢的风采，宝钢的铿锵，宝钢的辉煌，在你身上呼唤出一个灿烂的时代，一个开放的世界！（《奔向海洋：宝钢抒怀》）

车，照例是破旧的。我掏出早已准备好的纸揩拭着座位，一点也不惊讶，更不抱怨。我感谢这辆车，从心底感谢它，因为它会把我带回故乡。（《回乡》）

……我忽然觉得，人生最大的乐趣是觅！不过，我觅的，不是一枚青青的橄榄，也不是一声无可奈何的叹息。我——我要走进荒漠，寻觅有水有绿的小洲！（《觅》）

"我写散文，首先构思的是人。比如，要写一篇芦苇，我头脑里马上就会涌现出密匝摇曳的芦苇丛中，一位美丽的少女，披一条鲜红的纱巾，亭亭玉立，左顾右盼……"的确，他的散文几乎每篇都有人物，如，"像一根晒干了的金钱草"的方嫂（《金钱草》），主动舍弃与家人团圆，寂寞守护水棚、木排的林场工人（《绿海》），为水电站劳碌了大半辈子的老搬运工朱师傅（《铁扇关之恋》），等等，有血有肉，栩栩如生。由于有了人物，爱与情的表现和渲染就有了直接的替代、得体的依附和巧妙的寄托，避免了那种空洞、呆板的惋叹和抒怀，散文就更显得形象、真实、耐读，文笔也就运转得更为灵活自如。

关于散文的圆点，正如一些年轻作者喜欢玩新名词一样，他说得还真像那么回事："它跟散文的主题有联系，但不能等同，它是一篇散文的契机，每一篇散文都应该有一个圆点，并由此去生发，去扩展，去写人，去记事，去抒情，去说理。这样就散得开，掘得深，又能自己拢合……"他的《白泡泡》就是紧紧扣住"白泡泡"这个圆点，去表现困难时期奶奶的俭朴节约以及对子孙的勉励、期望和厚爱。

"我现在苦的是没有生活。从学校到学校，围墙太高，走不出去。"他曾经私下里对我袒露过自己的内心世界，"但我又喜爱自己的工作，做编辑，对提高我的创作水平很有理论滋补作用。"对想尽早有所成功的他来说，这集于一身的矛盾着的两个方面，可以说是幸运中的不幸，不幸中的幸运吧！

他在自己的投稿登记本封面上写了这么几句话以自勉：终有一天，文学对我来说，不再是功名……

（此文刊发于《赣南文化报》1989 年 11 月 15 日）

火花在撞击中闪耀

——评《蛇谷奇兵》连长华东与坦克手赛德胜的四次冲突

在《蛇谷奇兵》中，连长华东与坦克手赛德胜关系的衔接，是在四次冲突中完成的：第一次是赛德胜驾驶坦克压倒一棵带有蚂蚁蜂窝的树干，刚好打在华东的身上；第二次是华东负气摔死毒蛇，顺手一甩套在赛德胜的脖子上；第三次是坦克滑过石板坡险些栽下悬崖，华东、赛德胜直接顶撞起来；最后一次是赛德胜枪击引爆牺牲，华东痛心连骂混蛋。

分析华东与赛德胜的四次冲突是很有意思的。前两次冲突好像是无意的。坦克行进中压倒热带丛林树枝，气头上顺手甩出一条死蛇，再自然、随意不过了。但仔细推敲一下，把华、赛前后四次冲突联系起来，纵观全剧，就可以发现：坦克压倒的树干偏偏是带有蚂蚁蜂窝的，倒下来打着的不是别人，偏是连长华东；华东甩出的死蛇套着的又正好是赛德胜。这表面看起来是无意的，其实是隐含深意的，为华、赛后两次冲突设下了伏笔，做了有意的铺垫。编导处置得那么合乎自然、天衣无缝，由此足见其匠心、功力。更有意思的是第一次是由赛引起的，第二次则是华引发的，到了石板坡两人于第三次冲突中终于爆发了一场大的顶撞，差点动起拳头来。

在前三次冲突中，华东、赛德胜都对营长肖军为完成穿插阻击敌人任务而选择用坦克穿插蛇谷这一作战方案感到不理解，在言行上常常表露出不满情绪，但作为军人、下级，以服从为天职。华东向肖军表示不满，而赛则向华发牢骚，由不满、发牢骚导致的第三次冲突，是面对面的冲突，使原有矛盾外化、白刃化。华、赛的冲突，其实矛头是对着肖军的，是一致的，又引发肖军给赛的处分，而当此时，作为连长的华东站起来主动请罪承担责任，把华、赛固有的关系，华对部下的关心爱护，赛对华的敬重、理解全都表露出来了。

在性格方面，华东与赛德胜都很耿直、倔强，但有所区别：华是连长，是指挥员，对待上级的命令虽不理解，也无可奈何，但在执行中却是自觉、坚决的，因而不满中常常有强忍、克制的一面，其言行反映出我军军官的固有素养、固有品质。而赛却不同，他作为一名坦克手，对自己的坦克珍惜备爱，也很想在平整的路面上猛冲猛打，抖抖坦克部队的雄风。作为一名士兵，他的自觉行为就较差，时时、处处都把不满情绪、牢骚表露出来，这既符合他的性格，又反映出我军士兵的真实情怀，显得非常可爱。

华、赛的最后一次冲突是在蛇谷崖受阻、师部又发出紧急命令后，死命用坦克撞击岩山时发生的。这时的华东、赛德胜，在肖军的启发下，在肖军的英勇行动的影响下，特别是在肖军作为最高指挥官率坦克分队迂道进入敌阵这一冒死行动的激励下，两人思想上的疙瘩，不满情绪随之冰释，迫在眉睫的是打通蛇口崖。两人的冲突表现在赛以枪击引爆炸开通路，不惜以死殉国，而华则从爱护部下、珍惜士兵性命的前提下出发，连续命令赛回到隐蔽点，最后，痛心疾首地骂出"赛德胜，你这个混蛋"！

而最终的冲突，是为完成共同的使命、伟大的爱国之举，是一场不是冲突的冲突。

这场不是冲突的冲突，反映了我军军官与士兵的深厚感情，表现了我军将士为完成神圣的使命而舍生赴死的高度的革命英雄主义和强烈的爱国主义思想。这是一次升格了的可贵冲突，英雄火花随着剧烈的爆炸声响在这次冲突中闪现出格外耀眼的光芒！

（此文获 1989 年 12 月由中国电影发行放映公司总举办、中国电影评论协会协办的"首届中国电影节全国群众影评征文比赛"三等奖，获奖后《江西影讯》专门刊发于 1990 年第 2 期）

论巴金早期思想矛盾的根源及其表现

　　作品是作家心灵的镜子，文学家们总是在自己的作品中自觉或不自觉地表露出自己的思想倾向和世界观。主观意识很强的巴金，在其早期的作品里强烈地表现出一种难以调和的思想矛盾："感情与理智的冲突，思想与行为的冲突，理想与现实的冲突，爱与憎的冲突。"[1]

　　巴金说过："我不过是一个过渡时代的牺牲者。"[2]他的思想倾向、世界观形成之时，正是中国处于大动荡的年代，各种思想潮流纷纷涌进，充斥于中国的文化市场。有科学民主思想，也有尼采思想；有马克思主义，也有无政府主义；有集体主义，也有个人主义……它们互相交锋，频繁论争。与此同时，中国原有的落后的思想文化也在顽固地进行挣扎，新旧之间又形成了尖锐的对抗。正是在这样复杂、矛盾的环境中，巴金诞生了！

一

"我是'五四'的产儿。五四运动像一声春雷把我们从睡梦中惊醒了。我睁开眼睛，开始看到了一个崭新的世界。"巴金出生在"一个古老的家庭里，有将近二十个的长辈，有三十个以上的兄弟姐妹，有四五十个男女仆人"。[3] 他在自我反省时说："最先在我的头脑里浮动的就是一个'爱'字。父母的爱，骨肉的爱，人间的爱，家庭生活的温暖。"[4] 从家庭生活中他最早接受了爱的思想。"爱"作为人道主义思想的一个重要组成部分，从小就在巴金的心灵中扎下了根。1927 年他到了巴黎，跟囚禁在美国的意大利工人樊塞蒂取得了联系，"像对着一个亲人诉苦一样写了一封长信"，从他那里接受了要忠实地生活，要爱人，要帮助人。[5] 樊是个彻底的泛爱主义者，在他被判处死刑即将被烧死在电椅上时，他还说"愿意宽恕那烧死他的人"。[6] 樊的回信使年轻的巴金"兴奋得没有办法"，只好拿起笔继续《灭亡》的写作。可见樊塞蒂对巴金的影响是很大的。此外，巴金还爱读日本作家爱罗先珂的童话。巴金的"人类爱"思想有"一半、甚至大半都是从他那里来的"。[7]

巴金在长期的生活经历和阅读、创作实践中，受人道主义思想的影响越来越深，"爱"鼓舞着他创作，"爱"把那忧郁、哀苦的黑影征服了，他相信"爱要征服死"，而"爱是不会死的"。"只要人类不灭亡，则对人类的爱也不会消灭，那么我的文学生命也是不会断绝的罢。"[8]以爱（包括泛性爱）为核心的人道主义思想在巴金的文学生涯中占有不可忽视的地位。

巴金少年时代就失去了父母亲，这在他的心灵上第一次投下了阴影。他从小就和下人在一起，听他们"叙述悲痛的经历"和申诉他们绝望的胸怀，"那些没有希望只是苦刑般地生活着的人的故事"，给他的心灵投掷了第二个阴影。他开始意识到"这个富裕的大家庭在我的眼前变成了一个专制的王国。仇恨的倾轧和斗争掀开和平的表面而爆发。势力代替了公道。许多可爱的青年的生命在虚伪的礼教的囚牢里挣扎，受苦，憔悴，呻吟以至于死亡"。家庭的压制，使他"心里起了火一般的反抗的思想"。由家庭联系到社会，他"开始觉得这社会组织的不合理了"，狂想改造它，"把一切事情安排得更好一点"。[9]

推翻旧制度是革命民主主义的首要任务，巴金从自身的经历中也萌生了这样的要求。在巴黎，巴金对资产阶级革命民主主义的先驱卢梭无比崇敬，在他的铜像下久久徘徊，像抚摩亲人似的，倾诉着一个外国年轻人的痛苦。他引用托尔斯泰的话称卢梭为"十八世纪的全世界的良心"[10]。对法国资产阶级大革命的历史，巴金进行了系统的研究，写出了《法国大革命的故事》。在《沉默集》里，他还通过形象的描绘，刻画了法国大革命活动家马拉、丹东、罗伯斯庇尔三个人物。他由此而得出"我们都是法国大革命的产儿，都是在它的余荫之下生活"的结论。对俄国民粹党人反抗沙皇制度的斗争，巴金也是极为赞颂的。他研读过妃格念尔、斯捷普尼亚克等民粹派革命家的传记、著作，论述过拉吉舍夫、赫尔岑、车尔尼雪夫斯基等革命民主主义者的思想，还把 17 世纪俄国农民运动领袖拉辛（巴金在文中译为拉进）称为"俄国底第一个革命的领袖"，说他是"第一个揭竿而起，组织了一个俄国人民大暴动，反对沙皇暴政的人"。[11]革命民主主义思想使巴金把"一切旧的传统观念""一切阻碍社会进化和人性发展的不合理的制度"，都当作自己"最大的敌人"，对其进行猛烈的攻击。[12]"我要向这个垂死的制度叫出我的 J'accuse（我控诉）！"[13]

巴金最早接受的外来思想是无政府主义思想。他十六岁那年，五四运动波及了偏僻的四川，"面对着一个崭新的世界"，他有点张皇失措，但更多的是兴奋不已，他"敞开胸膛尽量吸收"，"只要是伸手抓得到新东西"，"都一下子吞进肚里"，"只要是新的、进步的东西我都爱，旧的、落后的东西我都恨"。[14]而最使他心情激动的是俄国无政府主义者克鲁泡特金的《告少年》。这本书给予少年时代的巴金的影响是如此强烈，以至他不止一次地流下了眼泪。他说："我想不到世界上还有这样的书！这里面全是我想说而无法说清楚的话。它们是那么明显，多么合理，多么雄辩，而且那种带煽动性的笔调简直要把一个十五岁的孩子的心烧成灰了。"[15]巴金对克氏的人格、全部著作推崇备至，把他当作"一个纯洁、伟大的人"[16]来看待，先后翻译了克氏的《我的自传》《面包与自由》《人生哲学：其起源及其发展》等书，还将《告少年》重译，改名为《告青年》。他为别人校订无政府主义著作《一个反抗者的话》《互助论》等，写前记、跋加以介绍。这种翻译和介绍一直持续到四十年代。他自己还专为无政府主义著述了《从资本主义到安那其主义》一书，并认为是一部"满意"的作品。[17]就其所阐述的思想体系来看，几乎同克氏的《面包与自由》同出一辙。

巴金还同著名的安那其运动领袖爱玛·高德曼通信，称她为"精神上的母亲"。[18] 巴金还参加了无政府主义的组织"均社"，自称为"安那其主义者"，主张"废弃政府及附属于政府的机关"[19]，希望人人都能过上"自由""平等"的生活[20]。他在封建樊笼里被束缚得太死，一旦冲出，就要展翅飞翔，呼吸新鲜、自由的空气，这是促使他接受无政府主义思想的最初动机。

二

巴金接受的这几种思想，加上他地主阶级家庭出身的小资产阶级知识分子的双重性，使他在政治生活中处于特殊的中间地带。大革命失败后，社会力量发生了骤然的分化，作家队伍中有的倒入国民党的怀抱（如胡适、陈西滢），成为"帮闲文人"；有的投身到共产党所领导的革命斗争中去，用自己的作品"激发国民的精神，使他们从事民族独立与民主革命的运动"[21]。同时代的几位大作家如鲁迅愿做一个兵，写"听命文学"[22]，郭沫若本人就是共产党员，茅盾（先是共产党员）则用自己的作品《子夜》参与中国革命性质的争论，老舍、曹禺等也热烈拥护共产党在民主革命时期的主张。而巴金，既反对一切黑暗势力，对国民党的专制统治不满，希望有一个合理的、公平的社会；但又不理解十月革命，不了解共产党，误以为是少数人的专政，是"人为制度"，不符合他的自由、人道的原则。他承认自己不是普洛文学家，他有"自己的意见"，有"自己的写法"。[23] 这中间状态的政治立场，在明显分成两大对立阵垒的社会里，不能不产生矛盾，发生冲突，"使他许久以来就过着双重性格的生活"[24]，这种双重性格的生活是痛苦的，就促使他拼命地创作，在作品里"不断地呻吟、叫苦"，发出"灵魂的呼号"。[25]

在巴金的作品里，主人公往往跟作者自己一样：既恨不得摧毁一切旧的势力、旧的制度，但又苦于找不到正确的反抗方式，不愿意到共产党中找领导者，不晓得到群众中去找力量；主人公常常以"救世主"身份出现，个人与组织的关系得不到很好的处理，只是个人声嘶力竭的叫喊，盲目、疯狂的复仇。

这种无政府主义式的个人反抗只能招致革命团体的被破坏，导致革命的失败，结局是令人绝望的。如《灭亡》中的杜大心、《新生》中的李冷、爱情三部曲中的敏等"革命者"，他们怀着强烈的仇恨，企图一下子就摧毁这个龌龊的世界，建立一个"乌托邦"式的理想社会。但他们又找不到出路，只是为个空洞的"信仰"所鼓舞，凭着一股狂热劲去"革命"，在残酷的现实面前碰到头破血流，于是狂热转化为绝望，等待着"死的轮值"，只有灭亡，才能解决其矛盾。

巴金把世界分为两个壁垒：一边是新的，一边是旧的，互相对立着，旧的要灭亡，新的要走向新生，但旧与新之间又没有截然地分开，往往他所反对、憎恨的对象就是他的亲人、朋友。因此每当新旧斗争越来越尖锐、黑暗势力行将崩溃时，他就用人道主义来弥合、协调两者间的冲突。高觉慧把祖父高老太爷当作封建统治的君主，认为以他为代表的家族势力吞噬了一个又一个无辜的年轻人的生命。对于他，觉慧是痛恨的、憎恶的，而当高老太爷弥留之际，巴金又抚平他们两个的对立情绪，以祖孙的关系让觉慧表现出极度的哀痛。又如以他五叔为原型塑造的克安、克定两个形象，在"激流三部曲"里对这两个"精神上堕落"的寄生虫进行了无情的抨击和严厉的谴责。而在《憩园》里，他们以杨老三的面目出现，恶习仍然屡教不改，最后沦落为无家可归的流浪汉，对此，"本来应当对杨老三作更严厉的谴责和更沉重的鞭笞"，但巴金却流露出十分同情和惋惜的情绪。很显然，"作者的思想、感情、立场、观点在这里起了很大的作用"，他的矛盾"无可掩盖地暴露出来了"。[26]

对高觉新也是如此，巴金是含着泪来写他的，既批判、指责又为其辩护、开脱；既爱又恨，爱与恨交织着，"在两者之间不停地撞来撞去"[27]。这毕竟是他所爱而又爱过他的大哥！

巴金是爱国的，因为他是"一个中国人"，血管里流的也是"中国人的血"，有时"不免要站在中国人的立场上看事情、发议论"。[28]他的一系列作品都表现了这种爱国主义思想，但其中又掺杂了他的泛性爱思想，主张爱一切人，这就难免发生冲突。即使像"抗战三部曲"《火》这样明确指出"一本宣传的书"也打上了这一矛盾的印记。面对日本侵略者的侵略，作家站在民族的立场上，用笔鼓动民众起来抗战；但作者又借田惠世这个基督教徒的爱来传达他的泛性爱思想，强调爱一切人，忍让，"我的人道主义思想同他的合流了"。在这个三部曲里，"人道主义和爱国主义差不多占同样的地位"。于是一个积极的抗日者冯文淑与一个基督教徒田惠世有了"融洽的交谈"，达到了"思想和感情的交流"。[29]

在四十年代中期，巴金创作的《憩园》《第四病室》《寒夜》等作品，主人公都是小人物，作者怀着十分同情的笔调写这些小人物屈辱、痛苦的生活，表现他们多舛、悲惨的命运。

但由于受到无政府主义思想的影响，他看不到当时全民族的抗战即将胜利，看不到中国共产党领导的中国人民斗争力量越来越壮大，看不到前途何在，因而理想与现实的矛盾无法解决，塑造出来的人物都是软弱、毫无反抗能力、任人宰割的，作品里是一片痛苦的呻吟，充满着感伤、悲哀、窒息的气息。

三

在巴金早期的思想中，自始至终都交织着人道主义思想、革命民主主义思想、无政府主义思想和爱国主义思想。由此而引发出来的理智与感情的矛盾，思想与行为的矛盾，爱与恨的矛盾，理想与现实的矛盾在他的整个创作中得不到解决，使他陷于苦闷、彷徨、忧郁之中。但他对光明的追求一刻也没有停止过，总要肯定未来有希望，确信"旧的要灭亡，新的要壮大；旧社会要完蛋，新社会要到来，光明要把黑暗驱逐干净"[30]，这也是他没有沉沦、走向社会发展对立面，不断反抗斗争的根本点。当然这种希望、前途是朦胧渺茫的，就像他在《激流》总序里说的：这股激流"向着唯一的海流去。这唯一的海是什么，而且什么时候它才可以流到这海里，就没有人能够确定地知道了"。这就是他无法驱逐笼罩着他作品的阴郁的云雾的原因，尤其是他最初的作品和四十年代中期的作品，这种情绪更为浓重，读后使人感到一种压抑、沉闷、窒息。

应该指出的是，在看到巴金整个早期思想中存在着种种矛盾，在具体作品里也各有不同程度的表现的同时，还应该看到在具体作品里巴金主要的还是由一种思想作指导，尤其在几个三部曲中。在"革命三部曲""爱情三部曲"里主要的是无政府主义思想，在"激流三部曲"里是革命民主主义思想贯穿整个作品的，在"抗战三部曲"里以爱国主义思想为重，四十年代中期的作品则是人道主义思想十分浓厚。由于具体的作品以某种思想为主导，这就容易使有的研究者错误地把巴金的整个思想归入到某一思想领域中去。应该从他漫长的人生道路中，把他全部作品所表现的思想贯穿起来研究，得出的结论才比较公允。

就其几个三部曲来看，每部主要的是由一种思想作指导，能否就以此推论巴金早期思想有个转换过程呢？从创作时间来看，这并不明显。当他还未完成"革命三部曲"（1927–1932）、"爱情三部曲"（1931–1933）时已开始了《家》（1931年）的创作，"激流"后两部则是在1936年至1940年完成的，其间又开始了"抗战三部曲"（1938–1944）的创作。可见同一个三部曲写作时间并没有连续性，基本上是穿插着来写的。只有四十年代中期的作品《憩园》（1944年）、《第四病房》（1945年）、《寒夜》（1946年）有写作时间上的相继性，这个时期占据巴金脑子的主要是人道主义思想。

四

在看到这几种思想在巴金身上表现出来的冲突外，我们还应该看到它们之间的相互联系，要不我们就难于理解巴金为什么能够如此地把几种矛盾思想集于一身这个问题。巴金的一生是在不断追求、探索的一生，他给自己安排的是"一条布满荆棘的坎坷之路"，这正如他塑造的高觉慧那样，"以改革社会，解放全人类"为己任，因此他反对封建、军阀专制，反对外族入侵，追求个性解放，要求人道，向往平等自由的社会。以这个为出发点，他接受了人道主义、革命民主主义和无政府主义等思想，以此来武装自己，寻找个人与民族的出路。从这几种思想本身来看，也有一定的共同性。这首先表现在对旧制度、对黑暗势力的攻击上相一致性：人道主义是资本主义生产方式取代封建生产方式这一历史革命在意识形态上的反映，是资产阶级反对封建主义的思想武器；无政府主义则是站在破产的小资产者的角度来批判资本主义制度的；革命民主主义是站在被压迫民族的立场上反对帝国主义、封建主义的；而爱国主义则是从本民族利益出发，反对外来侵略的。其次是对未来社会的设想上都带有浓厚的空想色彩：无论是巴枯宁的无政府主义的集体主义，还是克鲁泡特金的无政府主义，都"无非是激动的小资产者的空想而已"[31]；革命民主主义也带有空想的色彩，车尔尼雪夫斯基把社会主义制度想象为协约的形式（他在《怎么办》中进行了劳动组合的尝试，并通过薇拉的梦形象地描绘出来）；而人道主义所追求的"自由、平等、博爱"就一天也没有实现过，只是一种美好的愿望而已。

由于他们之间的共同性，一时很难清楚地划分界线，加上当时知识分子求新求异心切，急于救己、救民、救国，识别能力又差，"一时分不清无政府主义和社会主义、个人主义和集体主义的界线，尼采、克鲁泡特金和马克思在当时几乎是同样吸引我们的"[32]。巴金在接受外来思想时，也同其他人一样，带有急功近利性和盲目性，起初他并没有看到它们之间的冲突关系，只是到了后来，受到的影响越来越深，才意识到其中所引起的矛盾的严重性，但已经太迟了，他已经深陷重重矛盾之中而不能自拔。况且他那小资产阶级知识分子的软弱性，使他始终没有勇气冲破个人的小圈子，"渐渐地安于这种自由而充满矛盾的个人奋斗的生活了"。巴金早期思想的多种矛盾冲突一直到新中国成立后才趋于缓和。他向社会主义思想靠拢了！

[1] 巴金《〈爱情三部曲〉序言》

[2][24] 巴金《新年试笔》

[3][4][9][15] 巴金《我的幼年》

[5][27] 巴金《谈〈灭亡〉》

[6] 巴金《〈灭亡〉序》

[7] 巴金《创作回忆录·关于〈长生塔〉》

[8] 巴金《〈雨〉自序》

[10] 巴金《〈巴金文集〉前记》

[11] 巴金《俄国社会运动史话》

[12] 巴金《写作生活的回顾》

[13] 巴金《谈〈家〉》

[14][25][30] 巴金《〈巴金选集〉后记》

[16] 巴金《〈我的自传〉译本代序——给十四弟》

[17]巴金《〈爱情三部曲〉总序》

[18]巴金《〈将军〉序一》

[19]巴金《怎样建设真正自由平等的社会》

[20]转自《巴金文集》卷十《我的幼年》注一

[21]托洛茨基《文学与革命》

[22]鲁迅《南腔北调集·〈自选集〉自序》

[23]巴金《〈死去的太阳〉序》

[26]巴金《谈〈憩园〉》

[28]巴金《〈火〉第二部后记》

[29]巴金《〈创作回忆录〉之七关于〈火〉》

[31]普列汉诺夫《无政府主义和社会主义》

[32]周杨《文艺战线上的一场大辩论》

（此文为本人大学毕业论文，刊发于《赣南师范学院学报》1990年第1期，被《新疆大学学报》索引）

南国梅香苦中来

南国梅香苦中来。

这话用来形容赣州地区文化演出服务公司是不过分的。梅在凛冽的寒风中苦斗，绽艳，清雅，飘香，昭示春的驾临。演出公司也是在苦斗的环境中，在雅洁的氛围里初绽雄姿，飘香四溢的。

苦斗——拾掇

文化部门投资少，单位穷，连财政拨款的文化事业单位都在苦苦硬撑着，更不用说事业单位企业管理又肩负着消化剧团富余人员的演出公司了。地区剧院管理站自更换招牌起，就决定其命运是在夹缝中求生存的。好在他们大多来自剧团，在艺苑的修炼使他们极能适应艰苦的环境，极能在困难的条件下创造奇迹。

拾掇之一：公司采购人员东南西北来往奔走，前脚进家门，后脚出门槛。照他们说的"旅行包都不要捡"。对于这种住旅店似的家庭生活，他们默默地忍了，家眷们在埋怨中也投以理解的眼光。

拾掇之二：他们既当采购员又当装卸工。有一次，跟广州一家大公司订货，为显示家底实力，假装气派非凡，公司经理赖庆良、采购站经理王平等人把地区文化局的伏尔加汽车借去。到了广州，又急急忙忙在街头自己掏钱买了套西装，佩上领带，挺起腰膀，威风凛凛前去。广佬一见这气派、架势，感到疑惑：你们是赣南的？好像不是老区人。他们几个爽朗地哈哈大笑。生意很快就谈妥了。但在装车时，就露馅了，穿得挺挺括括、体体面面的经理们，把西装一脱，就上前扛包装车。看到赖庆良他们几个一个个满头大汗，洁白的衬衫沾上了一道道污迹。广佬竖起大拇指："还真是老区人！"原剧院管理站长——现退居二线的谢名球，在南京采购到三百台袖珍收音机，因要赶上一个劳模大会发纪念品，不顾自己年岁大，患有腰病，硬是一个人驮着一百来斤的麻包挤火车、坐班车赶回到赣州。

拾掇之三：跑外面的辛苦，坐守家里的又如何呢？原采茶剧院经理李春代，既当经理又当海报绘制员，还兼维修工，担任经理两年来光绘制海报、修理凳子就节省开支近千元。

雅洁——扫描

扫描镜头之一：艰苦的创业，换来了事业的蓬勃发展，但公司的几位领导收入依旧微薄，有时还得倒贴。公司所辖的两个剧院，演戏、放电影，负责人弄几张票在旁人看来是再简单不过了。有时上面某个领导，有业务联系的部门，老朋友、老同事，挂个电话，要几张票，似乎也在情理之中。但公司几位负责人没人去擅自开条子拿票。找到哪个人，哪个人就自认倒霉，自己掏钱买票送人。公司书记刘茂一次就花了十多块钱。他们说，花了钱还不好说是自己掏的，人家还以为是公司的，连个私人人情都领不到。

扫描镜头之二：自己不该得的钱一律拒绝。修建赣南剧院门楼时，广东韶关一施工单位给公司每位领导送了一份厚礼，老书记张俊义带头婉言谢绝。"吃人家的嘴软，拿人家的手短"，后来该施工单位因管理不善，浪费严重，实际修建费用比合同价格超出近两万元，想要增补款项，也无从入手了。

扫描镜头之三：不该得的不得，就是该得的他们也自动放弃。这几年改革开放搞活，好多企业的经理、厂长按照规定都拿上了比职工更高的收入，但公司几位领导一直都拿全公司的平均奖。有一年公司平均奖比基层单位还少。去年文化物资采购站李西源、王平、邵业里三位经理照承包合同年终兑现每人超产奖可得 1300 元，但他们考虑到公司还在发展时期到处急需用钱，每人只拿了零头 300 元。在他们的影响下，采购站 30 多个职工，按规定超产奖为一万五千元，结果只发了五千元，为国家奉献出一万元。

（此文刊发于《赣南文化报》1990 年 6 月 1 日）

军魂折射的光彩

——八一垦殖场企业文化建设采访录

这是一块神奇而又多情的土地。

位于赣粤边界苍莽的青龙山区，千百年来，岁月在这里低头，荒凉与贫瘠与她做伴。1958 年年初，江西军区的数百名官兵（继而是上海支边青年）遵循着毛主席屯垦戍边的指示，在这大山深处鸣奏了一曲铸剑为锄的壮歌，创办了一个和军旗共名的地方——八一垦殖场。

军垦第一锄，一座不朽的丰碑。

32 个春秋，32 度垦殖，32 级台阶。八一垦殖场神速发展和变化。亘古荒凉的大山升起了绿色的希望，飘扬起胜利的彩旗……

我们在八一垦殖场这块 95 平方公里的土地上采访，不仅仅为了追寻军垦战士的足迹，重要的是为了探究一种军魂浇铸和哺育的企业文化（一种精神和人格的）最为外在的表象和最为深沉的内涵。

一

一提起农垦企业，几十年深扎于大山旮旯中，人们很容易想起在电影中出现的穿着土不拉叽、表情木讷的山里人。然而，我们见到的八一场人却风度翩翩、举止潇洒（姑娘、小伙子们个个都穿着入时的港沪式服装）、谈吐文雅，跟城里人毫无两样。人的衣着、谈吐折射出人的素质。扎根于深山之中的八一场人为何能与城里人同步而行？

在工会，我们见到了场工会雷成茂主席。如果说从外地来的知青还有点城市的"遗传基因"，那雷主席就是个地道的陂头乡下人。他是从部队复员回乡的，先在全南县工作，后调到八一场，八一场这块风水宝地已把老雷熏陶成标准的城里人。从他那里了解到，八一场非常重视人的素质的提高，有正规的学校教育，有幼儿园、小学、中学到电大一条龙配套教育体系。

人在这里出生，不走出场门，就可完成一个人成长中所需接受的全部教育。

总场每年除固定拨给中小学、幼儿园 30 万元教育经费外，从 1984 年开始，拿出 80 多万元，陆续为中、小学新建了校舍和宿舍。同时，配备了较强的师资队伍。

1987 年，他们又进一步采取措施，把 6 个农林分场小学撤除，把适龄儿童全部集中到总场小学上课、吃、住，由教学老师和生活老师统一管理学习和生活，场里每半个月用客车、小车接送学生回家休假两天，从小就注意培养学生独立能力和群体意识。如今，八一场最好的房子是学校，高大的教学楼房，整齐美观，环境幽雅。学生们在知识的海洋里尽情地遨游。

"尊重知识，重视文化人。"场里鼓励自学成才，对大中专、高中、初中毕业生的分配招工分开档次，全场上上下下已形成了良好的学习风气。采访期间，我们在园岭林场见到了这个场的巫场长，他是场里颁布"职工自学成才奖励办法"之后，最早通过自学获得文凭的（当然也是最早拿到自学成才奖励金的）。像他这样三十岁左右，就当上科级干部的，在一些企业中是不多见的。在八一场，不仅有二十出头、三十左右的科级干部，还有三十岁左右的县团级干部。

总场场长陈治强告诉我们："在干部选拔上，场里打破论资排辈，注重的是政治品质和工作实绩。"由于采取了一系列的有效措施培育人才、重用人才，提高职工素质。如今，八一场的技术改造、产品设计、生产、流通等方面都取得了令人瞩目的成绩，给企业的发展增添了强大的活力与后劲。

二

生活，似魔幻般；生活，需要七色阳光。远离城市的八一垦殖场，文化生活却异常丰富。

场里把改善职工业余文化娱乐设施当作一件大事来抓，把开展文化娱乐活动列入各级目标责任制中。设有文化馆、电影队，建有10个电视差转台和一个卫星地面接收站，可收看中央一、二套，江西、广东岭南台播放的电视节目，电视覆盖率达99%，还办起了有线广播站和半月刊场报——《青龙山》报。1988年投资60多万元，建起了一座结构新颖、造型美观的文化中心，占地面积2600平方米，内设影剧院、图书阅览室、老职工活动室、场史展览厅、舞厅等，同文化中心配套的还有篮球场、旱冰场和老年人门球场。形成了以陂头镇为中心，向各基层单位、各乡村辐射的文化娱乐网络。

总场、各分场除重大节日有文体活动外，平时也有安排。周末之夜，舞厅灯光交错，伴着乐曲，青年职工们成双成对，翩翩起舞，真是其乐也融融啊！他们还定期举办各种征文、演讲比赛、书画影展览，以及羽毛球、篮球、门球、拔河、游艺等丰富多彩的文体活动。

文艺人才济济。八一场工会干事张永兴近年来潜心于美术创作，他创作的版画《出山》、磨漆画《会师的日子》分别入选参加国家一级展览，今年他又有三件作品获"东风杯""天涯杯"美术作品奖。场中级摄影师徐正言的黑白摄影作品《真经》获新中国成立四十周年赣南摄影展览银牌奖。场里部分干部职工撰写的一批文学作品、评论、论文还分别发表在地、省、中央级报刊上。

八一场还经常与文化、新闻单位"结亲""联姻"，他们邀请外地作家、学者来场里讲课，与《人民画报》社、地区文联、《赣南日报》《赣南文化报》《企业导报》《江西日报》《南风》杂志社、地区群艺馆、赣南画院、《文艺理论家》，及省地电视台广播电台等文化、新闻单位多次联合举办活动，既加强了横向联系，又促进了八一垦殖场文化活动向更深层次发展和知名度的提高。

三

　　企业精神是企业文化的核心，也是企业群体意识衍生、发展、转向、更新的依托基础，它渗透在企业的一切活动之中，贯穿企业文化的始终，具有"唯我独有"的个性色彩……八一场陈治强场长，他具有八一场人的豪爽、干练、精明、勤俭。那天我们到他办公室采访，我们掏出香烟递过去，他赶紧双手握拳相拒，不抽了？（原先他烟瘾较大）我们以为他也怕抽烟患上癌症。他道出缘由，说他抽"百顺"烟，几次给客人递烟被谢绝，人家看到他的烟太劣，掏出自己的高档烟来抽，由是几回，很是尴尬，于是他下决心干脆戒烟！一个两千多职工、年总产值三千多万、利润达几百万元的一场之长，因抽便宜烟，他人不受而戒烟。如果不是亲眼所见，还真难以相信！从陈治强场长到党委副书记廖东晶，副场长崔源泉、蓝天明等场领导身上都投射出一种艰苦创业的精神。廖东晶副书记衣着俭朴，家里至今仍看14寸的黑白电视机，而且为人随和，看不出有半点当官的架子。从总场领导到中层干部，再到一般的职工都有一种"顾大局、讲奉献、艰苦奋斗、勇于开拓"的农垦人的高尚品德。

八一场人在几十年的风风雨雨创业过程中，逐步培育出了一种"团结、求实、奋发、进取"的八一场企业精神。八一场人来自五湖四海（二十个省市、六个民族），由于不同的命运机缘聚拢在"一块山旮旯中"。城里人的机敏，山里人的豪爽，农民的忍辱负重……互相交融相合，汇成一个整体。人民解放军的优良传统和作风（官兵一致、同甘共苦等）没有丢掉，这种军魂浇铸和哺育的企业精神，有它深刻的内涵，那就是在夹缝中求生存、求发展，在困难面前不畏艰难，在挫折面前不屈不挠，在成绩面前不骄不躁。体现在人情上则是山里人的热情、豪爽、朴实、友爱，在八一场，每有职工住院，领导必去看望，每有职工去世，不请殡葬工，由领导和职工抬棺上山入葬。

在八一垦殖场，以"军魂"为内核的企业精神，已渗透到企业生产经营及各种社会活动、人际关系中，成为企业生产建设等各项事业发展的重要推动力以及使职工投身山区建设的强大凝聚力。

有人称八一垦殖场的企业文化模式，是一种"小城镇式的社区文化"，这是从八一垦殖场的内部结构多功能和外在表象中的"小镇功能"而言的，这，不无道理。

　　我们漫步在八一垦殖场总场驻地陂头镇的水泥道上，望着两旁鳞次栉比的楼房，闻着从一簇簇、一丛丛山花中散发出来的馨香，还有那甜甜的空气，我们陶醉了！

　　晚霞正红，激情无限。我们感受到，当年军垦战士的足迹，已经幻化成一首深沉、迷人的歌曲，跳荡着大山般的音符，贯穿着"向前、向前、向前……"的主旋律，饱含着军魂般的气势：

　　为了那闪光的一念

　　为了那军魂的召唤

　　在大山的瞳仁里

　　默默地，默默地

　　我们付出了青春的代价

　　血染的肩膀

　　扛起一座理想的铁塔！

　　（此文与八一垦殖场曾庆中同志合作，《赣南文化报》1990 年 12 月 1 日刊发）

点化成金脍炙人口

——评《闪闪的红星》赣南乡土音乐的选用

《闪闪的红星》拍摄于七十年代初期。影片反映第二次国内革命战争时期红军长征走后，苏区人民在地方党的领导下，坚持对敌斗争的可歌可泣的动人故事。在今天看来，片中内容、故事情节、人物性格显得较为单一，但它影响了好几代人。该片的音乐是由我国著名作曲家傅庚辰谱写的，他根据影片内容，选用提炼赣南乡土音乐而创作的《红星歌》《映山红》《红星照我去战斗》歌曲，自影片诞生后，广为流传，妇孺皆知。

《红星歌》是《闪》片的主题歌。作曲家从红土地丰富的语言、音乐中，提炼出表达影片内容所需的音乐语言，谱写出形象鲜明简练、曲调通俗易唱的主题歌《红星歌》，虽然分不出它是在哪一首赣南民歌的基础上点化而成的，但听起来感到亲切熟悉，既保留有浓郁的赣南地方特色，又富有鲜明的时代气息，为深化影片主题、塑造性格、烘托氛围起到了很好的作用。

兴国山歌是典型的地方音乐，旋律流畅、动听。在赣南流传很久，在全国影响深远。苏区时期赣南人民以兴国山歌宣传革命，动员"扩红"，出现过"一首山歌"三个师的动人场面，发挥出巨大的宣传鼓动效应，激励着代代老区人。该片插曲《映山红》"夜半三更盼天明"，就取材于兴国山歌。

作曲家没有去片面地追求音调色彩，而是按电影规定情景，红军走后，白色恐怖笼罩故土，苏区人民等红军归来，盼胜利明天的到来，借景抒情设计出"夜半三更盼天明"，真实地反映了千百万拥护革命、参加革命的劳苦大众当时所寄托的一往情深，表达了红土地人民的理想追求和坚定信念。作曲家在对兴国山歌选用的同时，还进行了点化。如"331213 —"，原是个呼句，有高亢、嘹亮的特点，难以表达人物此时的真挚感情。作曲家没有采用简单填词的方式，而是运用生动简洁、个性突出、旋律流畅、唱易上口、词曲结合妥帖、统一完整的歌曲音乐语言，用无伴奏轻声清唱，与此景此情尤为贴切。当冬子妈妈，这位"党的人"，壮烈牺牲在熊熊烈火之中时，影片又奏出不同凡响的人物主题音调"33123 —"，在声音和画面的组合中，映现她为革命献身的视死如归的刚毅形象，使人仿佛听到了"红军万岁！""革命一定会胜利！"的响亮口号，催人泪下，扣人心弦。

《红星照我去战斗》是该片的另一首插曲。作曲家一九六二年曾在赣南体验生活过，还为赣南采茶戏影片《茶童戏主》作曲。《红星照我去战斗》就是从《茶》剧"云里飞来绿彩凤"唱段中选材进而创作的。影片主人公潘冬子，父亲随长征北上，母亲为革命英勇就义，地方党组织为关心、爱护革命后代，决定把他转移，接受新的任务。冬子站在小小竹排上，配音唱出了这首歌，发出了苏区儿童团员"前仆后继跟党走"的誓言。曲调层层迭进，步步深入，完善地表达了主人公立志"砸碎万恶的旧世界"，让"万里江山披锦绣"的远大理想。

赣南乡土音乐丰富多彩，如何去提炼点化，为红土地电影服务，《闪闪的红星》中，赣南乡土音乐的成功选用不失为一个好的借鉴。

（此文与赣南采茶剧团王爱生同志合作，刊发于《文化电影时报》1991 年元月）

高举"龙头"的人

——记江西于都县文化馆馆长曹景正

引子

昔日冷冷清清的江西于都县文化馆，近几年来连连爆出冷门。

1986年3月，《人民日报》发表《江西文化建设见闻：赣南老区群众的文化乐园》，称赞"于都县文化馆就是一个在艰苦的条件下靠'以文补文'开展多种活动的先进单位"。

1987年8月，《中国文化报》发表了调查报告《文化馆的名字响了，牌子亮了：记于都县文化馆》。同时加了短评《文化馆要挺起来》，文中指出："目前，不少文化馆面临着经费不足，场地狭小，设施设备简陋等困难。这些困难压得文化馆工作步履蹒跚。由于文化馆挺不起来，乡镇、村户的文化工作者有名无实，面对这种情况，看看于都县文化馆的作为，想来不至于迈不开步子。"同月，该报又发表了关于于都县文化户协会的文章《文化户协会：文化户发展的又一程》。

1987年8月，文化部社文局、新华社《瞭望》周刊、《光明日报》文艺部在贵州遵义召开全国不发达地区文化建设研讨会，于都县文化馆在会上作了《充分发挥老区文化户的功能，为促进精神文明建设和脱贫致富服务》的典型发言。

1987年6月，于都县文化馆获得县、地、省三级"文明单位"称号。

1988年10月，于都县文化馆被评为全省文化事业单位"以文补文"先进单位。

1989年3月，于都县文化馆获得全省一等"先进文化馆"称号。

为什么一个老区县文化馆竟得到文化部、省地领导及国家级报纸的高度称赞并连年获奖呢？带着这个问题，我们踏上了干坼的红土地，驱车驰向了当年红军长征集结出发地、现拥有72万人口的赣南第一大县于都。

龙头翘了

于都县文化馆,是个四层楼的砖瓦建筑,位于于都县城东边。它宛如一只"龙头"翘立在东门码头上,身后是宽长的红旗大道,迎头俯视着波光粼粼的贡江。

走进文化馆的院子,木叶扶疏,曲径通幽,凉意拂拂。水池里的大象雕塑正翘着鼻子使劲地喷出条条白色的银练,水花溅在周围的水面上、树叶上晶莹透亮。曲径通向宽敞的露天舞厅、录像厅、游乐厅……场所虽拥挤,但因错落有致,花香扑鼻,仍令人舒畅流连。整座后园掩映在花木之中,若不是有人引着,还以为是误入了城市公园。

临行前,听人说,于都县文化馆好在有个好馆长老曹。老曹?老曹又是个什么样的人物呢?难道有三头六臂?能腾云驾雾?

曹景正:1953 年中师毕业,1957 年下放到文化馆,前后算起来在文化馆里摸爬滚打了 30 个春秋,1981 年提为副馆长,1983 年主持工作。这几年于都县文化馆搞得火火热热,名声大振,正是他治馆之时。在文化事业经费奇缺、许多文化馆站滑坡的当今，于都老区，异军突起，确实令人瞩目。

老曹是个普普通通的人，中等身材，面容清瘦，已进入"知天命"之年。他无论是闲聊，还是谈工作，都是一副沉思状，话语缓缓道来，见不到激动样，更说不上有开怀大笑的时候，除了那副老式眼镜下一双闪烁的小眼睛透出一丝精明外，很难说出他有什么特别之处。

改革开放，农村实行生产责任制，农村经济蓬勃发展，唯有农村文化工作仍沿袭着老套式不得脱身，行进速度缓慢，于是农村电影告急，有线广播告急，文化馆站也告急……受命于危难之时，方能显出英雄本色。

在一片告急声中，老曹走马上任了。老曹毕竟是老曹，他那小眼睛不断地从报纸杂志、从资料里搜寻，耳朵里涌来人们从四面八方带来的信息。凭着他二十几年的文化工作经验，他很快就意识到，搞文化工作没钱寸步难行。这几年国家拨款虽有递增，但与各项事业的发展速度相比，与不断上涨的物价相比，与人们对文化娱乐生活的需求相比，就显得杯水车薪、捉襟见肘了。

赚钱得有门道，文化部门必须在"文"字上做文章，得"以文补文"。靠一个几年前得来的老式罗马黑白电视机，于都县文化馆率先在赣州地区办起了录像放映。昔日行人难于驻足的文化馆，一时宾客纷至。

老曹最初进文化馆是因为他在读师范时学会了绘画，老本行得好好派上用场。他盯住了瓷像制作，传统的制作瓷像是一笔一画照着人像画，一天只能绘制个把子，凭着老曹会绘画又会摄影的本事，他本能地想，要是把人像通过摄影直接洗印到瓷版上不是更快更逼真吗？他整日泡在办公室里，查阅了一堆堆资料，设计又推翻了一个个方案。几番南下北上，投师学艺，终于试制成用照相底片高温烧瓷像新工艺。随着改革开放的深化，他又南下广东请来老师，动员馆里干部走遍全县挑选画手，办起了油画工厂，把产品直接打到了香港市场。

几下工夫，于都县文化馆就办起了包括电影、台球、舞会、旱冰场、电子游戏、图书代售、彩照扩印、科技传授、录像、瓷相烧制、油画在内的 20 多项"补文"项目。三年来全县馆、站和文化户三级的"补文"总收入达 281 万元，其中文化馆年总收入达 10 多万元，纯收入也在 2 万元以上。

文化馆有钱了，有人看到别的单位大把大把地发钞票，也在老曹跟前嘀咕：我们辛辛苦苦弄到点钱，过年过节的是不是大方点？老曹莞尔一笑。说真的光是为了个人捞钱，老曹还舍不得这么卖命。怎么花，他心里早就盘算好了：百分之六十以上的收入用于发展群文事业！

馆里文化设施太陈旧了，得鸟枪换炮。他们购置了投影机、电影机、彩色电视机、高档录放机、卡拉 OK 等音像设备……馆里活动场地太挤了，他已着手筹集资金，准备兴建一座 140 平方米的现代文化大楼。在我们采访时，施工队的师傅已经在测量打钻了。

从 1983 年起，于都就举办了"少儿之夏"活动，7 年来从未间断，而且不断出"新招"，一年比一年办得更灵活更丰富。除举行"我爱于都知识答卷"、"今日于都"征文、篝火文艺晚会、游艺比赛、花展、摄影、绘画、武术比赛外，还组织少年朋友到瑞金、井冈山、庐山、景德镇、共青垦殖场等地同当地夏令营小伙伴联欢。于都的少儿摄影作品在赣州地区曾获得一等奖。于都的少儿唢呐在庐山举办的江西省第二届少儿艺术节演出，获得中外观众的一致好评。除抓少儿活动外，节假日都有馆办或联办活动。7 年里共举办大型文化活动 250 多次，参加活动人数达 200 万人次。

龙身壮了

龙头翘起来了，作为龙身的乡镇文化站又如何紧随龙头一起腾跃呢？老曹把视线投向了乡镇文化站。当时大部分乡镇文化站刚刚建立起来，人员、经费、场所没完全落实，有的连牌子都还没亮出来，更不用说开展什么活动了。于都县70多万人口，27个乡镇，典型的山区、贫困区、老区，即使县文化馆搞得再活跃，远在山旮旯儿的农村老表也沾不了几点星光，老表们眼巴巴地希望在自己眼皮底下能冒出个什么看的、玩得来。

老曹进山了！他同馆里的同志把"以文补文"赚来的钱买上照相机、图书杂志送货上门。县文化馆从银行贷款给文化站买录像设备，还把馆里的业务如照相、图书代销、瓷像烧制延伸到文化站，想方设法帮助乡文化站办起"补文"项目。

"补文"项目搞起来了，但文化站干部的积极性可没有馆里的同志高，也不能天天拉着每个人的手去工作，必须想办法调动文化站干部的积极性！老曹向县文化主管部门提出了自己的设想：把乡镇文化站分等级拨款，按照文化站试行条例分八大项目进行评比，实行等级管理。老曹的意见很快被采纳，县里将1.4万元拨款分一、二、三级文化站减次拨给，打破了平均拨款。施行的当年就初见成效。赣州地区文化局还专门发文要求在全区加以推广。

如今百分之八十的文化站都置有录像、录音、照相等设备，都有较好的活动场所；全县文化站干部由 1985 年的 22 人增加到现今的 68 人，在站里年上班时间由原来的人均不足 50 天达到 250 天以上；27 个文化站有 10 个达一等站，13 个达二等站，三等站的只剩下 4 个。

文化站要持久不衰，得有大批的顶用人才。针对站干部大多是年轻人，专业素质不高，县文化馆这几年每年都出资举办 6 至 8 期培训班，其培训人数达 530 人次。

龙尾活了

随着农村家庭承包责任制的实施，在赣南各县，特别是于都县出现了许多文化个体户。他们遍布山乡角落，有图书出售租借、民间戏剧演出、唢呐吹奏、摄影和工艺品制作……老曹敏锐地发现，在目前农村以家庭为生产经营单位的结构中，文化个体户是广大农民享受文化娱乐生活最直接最便当的承受者，为组织发展文化户并加强管理，他提出把散兵游勇式的文化个体户组织起来，创建文化户协会这一设想，立即得到于都县党政领导的重视。1986 年于都县成立了全省第一个县级文化户协会，第二年各乡镇都相继建立了分会，使全县 20 多个门类、1834 户文化户纳入了统一的管理机制，打破了传统的国办文化旧格局，管而不死，活而不乱，大大活跃了老区农村文化生活。

1987 年文化部副部长高占祥在视察江西文化工作时称赞：于都县成立文化户协会，把文化个体户组织起来，在方向上指导它，在业务上辅导它，在工作上引导它。

要想打出去，就得抓自己的地方特色。什么是于都的民间文化特色呢？老曹看准了唢呐，他认为江西萍乡是"铜管乐之乡"，紧邻于都的兴国有"山歌之乡"之称，于都何不来个"唢呐之乡"？这一建议一提出，立时哗然。在赣南，民间有这样的说法，"人世有三苦：剃头、吹唢呐、牵猪牯"。每逢婚丧嫁娶，唢呐手只能坐在门角背。今天要迎人上座，捧为上宾，这种全新的观念实在难于使有顽固落后观念的人接受。这时上边也有人发话，于都唢呐手连死了人都去吹，这算是哪门子精神文明队？面对众说纷纭，老曹据理力争：于都是个弹棉花、打铁补锅、吹唢呐三出名的县，唢呐有很广泛的群众基础，只要组织起来加以改进，就很有可能打出去。至于死了人也去吹唢呐，农民辛辛苦苦一辈子，死后吹唢呐以示哀悼，这有什么不可？城里人死了还放哀乐呢？

他召集全县唢呐手，请来江西省歌舞团高级乐手上课，不但教演奏技巧，帮助改进传统演奏技法，还教识谱，帮助整理传统曲谱，前后共办了8期唢呐手培训班，结果是《送郎当红军》《十五的月亮》《在希望的田野上》等乐曲吹遍于都山乡，县里每年还进行比赛发奖，唢呐手的身价倍增，加入唢呐队伍的竟有祖父孙三代同堂的，全县已拥有一千多名唢呐手，乡乡有唢呐队，村村有唢呐手，四季都可以听到唢呐乐曲，于都成了名副其实的唢呐之乡。

每逢节日、大型会议，都会有唢呐手来吹奏热闹一番，中央、省、地电视台都播过于都唢呐演奏会的热闹场面。

最为激动人心的是1986年，在红军长征胜利五十周年纪念大会上，一百多名训练有素的唢呐手，排成整齐的长队，吹奏出《十送红军》《江西是个好地方》等曲子，那昂扬、激越的唢呐声，使参加会议的老同志激动得热泪盈眶。

令乐手们感到惊喜的是，1988年江西省外事办在美国彼得公司的赞助下拍摄了《赣南风情》，全片都配有于都唢呐音乐，在海外播放，一位于都籍的台湾老人，竟然在屏幕上看到自己年轻时的伙伴在吹奏唢呐，兴奋得连夜提笔写信诉说不尽的思乡之情。唢呐的作用谁也料想不到会有这么大，影响传递得会有这么远！

结束语

对老曹的评价，江西省文化和旅游厅在于都县召开全省老区文化工作会议的报告中写道："于都县文化馆馆长曹景正同志从五十年代起就搞文化工作，走遍了全县的山山水水。他不但把一个文化馆搞活了，而且把全县的群众文化工作也搞活了。他们的阵地活动、少儿文艺活动、文化户管理以及多种经营等取得了突出的成绩，创造了很好的经验。……他常年奋战在第一线，以顽强的意志，默默无闻地、无私地奉献出自己的青春、智慧和力量，在较艰苦的条件下，发扬当年苏区干部'日穿草鞋走田埂，夜打灯笼去办公'的革命精神，创造了老区文化工作的新成绩"。

秋日的天灰蒙蒙地暗将下来，我们回到旅馆时，万家灯火闪烁。从高处回望，文化馆里一片灯火辉煌。

啊！奋力擎着龙头的人不正是老曹吗？他高举于都县文化馆这个龙头，上下左右，腾跃翻滚，牵动着全县群文战线，在这片古老的红土地上绽开朵朵艳丽的山茶花！

（此文与赣州地区群艺馆黄斌同志合作，刊发于文化部《中国文化报》1991年1月20日、《江西日报》1991年2月20日）

红土情韵　春茶清香

——观赣南采茶剧团赴沪慰问演出的《春茶新韵》采茶歌舞晚会

　　自 4 月 20 日起，赣南采茶剧团在上海市各区、县作为期半个月的巡回慰问演出，引起上海市众多观众的浓厚兴趣。

　　该剧团上演的《春茶新韵》，主要由反映赣南民风民俗、改革开放风貌、赞美革命传统三大部分内容编集的采茶歌舞、传统赣南采茶小戏组成，在沪一展红土地风情、赣南采茶戏风韵和赣南人民改革开放的风采。

　　整台晚会追求一种红土情韵、春茶清香，在传统地方戏曲艺术中糅合进现代审美情趣，令人耳目一新。编导将该剧种的小生、小丑、小旦、彩旦的特有表演程式扇子花、矮子步、单袖筒等浓缩夸张，精心编织成采茶舞蹈，突出展示本剧种的身段特色。如起幕行当大展示，四行当分四队载歌载舞入场穿行；还以行当过场作为节目间的连接线。又如以该剧种行当为主创作的《茶女迎春》《打鞋底》《酸溜溜》等舞蹈，活泼欢悦，诙谐幽默，山野、喜剧风味十足。

赣南采茶戏声腔有灯腔、茶腔、路腔和杂调，素以粗犷悠扬、欢快抒情出名。晚会从该剧种丰富的曲牌中摘选出"班鸠调""牡丹调""春景天"等传统优秀曲牌，在基本承袭原曲调的同时，赋予新内容，采用现代唱法，伴奏摇滚化。如抒情缠绵的《春茶春思》《吹开蒙雾望娇莲》《想走又不想走》，激昂悠扬的《扇子摇摇》《大步朝前走》，以及高亢嘹亮的兴国山歌《送郎当红军》《苏区干部好作风》等，情韵并茂，清新明快，乡音萦绕，充分体现出该剧种的声腔特色、优势，引起观众心灵阵阵共鸣。

整理改编的赣南采茶戏传统小戏《试妻》《搭船遇仙》《补皮鞋》也在晚会上演出。

晚会布景在红土、绿茶色调中追求一种清新、明朗的意境。天幕采用中性化的丝线飘带，饰有片片春茶、朵朵茶花，偶尔透现出带有赣南特色的青山、瓦房、石桥、流水；台板用红绒布铺就象征红土山坡，在灯光的映衬下，较好地烘托出舞台演出氛围。

　　整台晚会，散发出浓郁的红土情韵、春茶清香。著名电影艺术家张瑞芳观看后评论："演出人员不多，内容丰富，很有地方特色，歌好、舞好，音乐美，演奏也棒。"

　　（此文刊发于《赣南日报》1991 年 5 月 13 日）

一出反映山乡变革的好戏

——评采茶戏《乡下女子也风流》

　　一个地方的风俗如何？一个人的精神状态如何？最显而易见的就是这个地方人们的衣着，这个地方人们的打扮。最近看了南康县采茶剧团编排的八场现代采茶戏《乡下女子也风流》，就觉得这出戏抓住了时装这个敏感的问题来做文章，编排得很有戏。

　　天井村是个偏僻的山村，几十年来乡民们墨守成规，过着清淡的日子。花妹这个时代的女青年从广州学过服装设计，当时装模特儿回到村里办起花妹时装厂后引发了一系列的矛盾与冲突，新潮的花妹、四娇等众女子与以老村主任、师娘、毛狗为首的守旧的人们产生了尖锐的摩擦，几经交锋，花妹经受住了退货、恋人散、老母怨、村人耻笑、两赴广东等种种考验与诱惑，最终由于乡长的撑腰，如期举办了时装展销会，打开了销路，稳住了阵脚，这家服装厂也由村办企业升格为乡办企业。天井村男女老少也由此促进观念的更新，跟上了时代的步伐。

扮演者们把新潮、敢于开拓创新的花妹，泼辣、性急的四娇，老派、固执的老村主任，守旧、喜欢搬弄是非的师娘，穷困潦倒但又心安理得的毛狗等演得活灵活现，令观众记忆至深。语言、音乐、布景也充满着赣南山乡的色彩，体现了明显的地方特色。

最难能可贵的是该县文艺工作者自觉地服务于经济建设。南康成衣市场规模大、销路好，该县文艺工作者自排演《时髦姑娘》至今日的《乡》剧皆取材于本地服装行业，实在难能可贵。

这里还值得一提的是，该剧编剧邱德培，多年来笔下的戏剧人物始终都关注着农村妇女的命运，这也是个敏感的社会问题。在中国，改革的成功与否，很大程度上取决于中国女性的觉醒与参与程度。邱德培自最初的《满妹杀鸡》，到上届采茶戏调演的《春风难度寡婆桥》，再到现在的《乡下女子也风流》，都表现农村女性，以一个艺术家的眼光关注女性命运的变换，而且集纳付之于形象，上升为观念，近十年赣南乡村变化给女性所带来的变化均可从中窥见。这，又是一个难能可贵。

改革开放给我们的社会生活乃至人的精神面貌带来深刻的变化。日新月异的时代生活召唤着我们的文艺工作者以丰富多彩的形式去反映它、呈现它，教育、激励人民群众以更高的热情投身改革开放的伟大事业。在这方面，《乡》剧是很能给我们以启示的。

（此文刊发于《赣南日报》1991 年 10 月 23 日）

外面的世界真无奈

——一个县级剧团在一次外地演出中的纪实

近年来，S县剧团到过无数城乡演出，虽然步履艰难，但毕竟还是忐忐忑忑地出去，平平安安地回来。然而，去年冬天到F省演出所经历的遭遇和风险，却大大超过了以往任何一次磨难，至今想起某个场面，剧团的同志都历历在目，心惊肉跳。

A. 踢皮球式的打前站

经F省演出公司的安排，S县剧团来到F省的a乡。这个乡是两省交界的偏僻山乡，文艺生活十分贫乏。

该团打前站的同志到了a乡后，先找管宣传的党委委员商量演出事宜，很不巧，管宣传的同志到县城学习去了，只得找承包剧院的小何商量，小何是个文化热心人，爽快地答应了，并按过去的惯例，提出公用票、场租、电费诸类问题。他还特别叮嘱："一定要打个招呼给乡政府，否则难办。"

原以为很容易办的事却卡了壳。先找乡文化站小李，他说："党委邓书记交代了，不能接纳剧团。"理由有：影剧院边上放着乡政府的建筑材料，演戏怕被人偷掉；乡干部都下村蹲点去了，没时间光顾；冬天，乡食堂吃水有困难……

打前站的人员拿出 F 省开的证明以及演出执照给他看。他双手一摊："不用看，书记讲的必须执行，这个事我也没办法。"

解铃还得系铃人。在此情况下，只得找邓书记协商。邓书记是个矮矮的、胖墩墩的中年汉子，是管文教的副书记。前站人员向他出示了演出证明，他很不耐烦地说："文化站的同志说了不接纳剧团，总是有理由的，你们再找文化站的人去说。"

前站人员好话说尽，又排除了他们提出的所谓"理由"：吃住不找乡政府的麻烦，建筑材料派专人保管。只要乡政府开句金口，同意演出就可以。其他问题剧团自行解决。但这个书记铁下了不接纳剧团的心，对前站人员下了逐客令。

还是影院小何帮助出点子。他说多找邓书记几次，也许可以说通。就这样，先后在墟场、他的办公室、膳厅、房间里四次找邓书记，他都不点头。前站人员只有论理了，大道理小道理一锅锅端出来，逼得他无话可说，他这才说是派出所的意思不同意演出。

前站人员又去找派出所的负责人。还好，派出所的同志明白地说了不接纳剧团的关键所在是难以维持秩序，不要没事找事。并说派出所听当地党委的。如果党委同意，可以协助维护秩序。

剧团全部人马就要来临，前站还未联系好一个演出点，这里不让演，就会"蹲棚"（休息）。前站人员又不得不硬着头皮去找邓书记。最后邓书记很不高兴地说："你们剧团的人太难缠了。要来可以，出了问题不要找我！"几句话打发了事。

在他们踢皮球式的推脱下，打前站人员跑了两三天，三求四拜地先后找有关人员达十余人次说情，就差没下跪，总算勉勉强强把海报贴出去了。

B. 名目繁多的收费和三位数的公用票

剧团在外演出，常碰上好些单位的收费人员。除规定上交给文化部门百分之五的管理费和百分之三的税费外，还有诸如张贴海报的广告费、电费、治安费、票本费，交了场租有的地方还收打扫剧场的卫生费，损坏凳子的折旧费，等等。县级剧团的观众对象大部分在农村，票价又低。可收费人员却像走村串户卖麦芽糖的师傅一样，左敲右削，把本来就为数不多的票房收入，敲削得所剩无几。

各种费用都缴了。演出前，还得一一送票去敬"菩萨"。有的单位还公然向剧团索取"招待券""指导券"。在 b 地演出，光乡政府、派出所、工商所、税务所、电站、影剧院、房东等拿走的公用票就达 150 多张。

如送票未得到满足，就会出现很多"意外"：或停电，或场外秩序混乱，或无交通工具，或增加收费，等等。更有甚者，票送了，但他又把票送人。演出时，自己就哼哼哈哈嬉笑着进来。经常会出现场内观众拥挤，票房窗口萧条的不协调场面。

C. 实在难伺候的"观众"

C 村是个大山村，全村几千人都同姓，村附近有个产煤和石墨的矿区，连稻田的水也像墨一样黑。因为有矿，全村富得都要流出油来。剧团演出的那天晚上，下了一场入冬以来少有的大雨，寒风刺骨。大家都悬着一颗心，怕没人看戏。但出乎意料，在开演前半个钟头，人们打着电筒，点着电石灯，顶风冒雨从四面八方涌向剧场，场内挤得黑压压的。

可是一对售票数，无票者竟占半数以上。这些人从哪里进来的？原来，窗户、天花板、院墙，都是他们入场的通道。叫他们出去，他们不以为耻，还嬉皮笑脸起哄。请来的乡保安队也无可奈何，生怕出乱子。

第一晚演歌舞，秩序还好。第二晚演地方戏，情形就大大不妙。演了十几分钟，台下吹口哨，喝倒彩，拍凳子，甚至把瓜果皮壳、烟头、泥块、石子扔到台上，还有人夹杂土话喊："为什么不演歌舞？""衣服穿得太多了，要三点式！""滚下去！"无理取闹，一片乱哄哄。

D. 驱鬼乎？冲喜乎？

在 d 厂演完最后一场戏后，剧团人们在卸台时，厂俱乐部一个女放映员问道："你们在舞台上住了两晚，有没有听到什么响动？"大家都说没有。这个好心的女同志揭开了一个她认为剧团来这里演出是个壮举的"秘密"。

她说："这个礼堂闹鬼。一个月以前，有两个厂职工被火车轧断成两截，尸体就停放在舞台上，放了几天，这惨景十人见了九人怕。以后放电影很少有人来看，特别是深更半夜，好多人听到里面有响动。"听了后，大家都毛骨悚然。

她接着说："你们剧团的人走南闯北，胆子大。为了使这个礼堂热闹起来，很希望你们来演戏，这等于冲冲喜……"哦！难怪打前站人员提出要看舞台及设备时，俱乐部的人说，不需要看，等剧团人马来了再看，保你满意；演出时，前两排的位置很多都空着。他们把舞台灯光照过去，发现舞台上有血迹斑斑的糊状物，还有点过香烛的残蜡。

好在剧团的人不信神，不信鬼。驱鬼也罢，冲喜也罢，由它去。

E. "武装"出境

在e县城演出时，开始秩序还好。但在演完第一个节目时，有两个小青年进场，手里捏着票，却不让剧团门卫验票。当一个门卫上前验他们的票时，后面一个小青年就飞来一拳，并用另一只手卡住其衣领，破口大骂。另一个门卫看见先进来的转身出去助架，就死死抱住他不放。后面与他们一伙的人就不问青红皂白地把剧团门卫拖下台阶，按住就拳打脚踢，门卫被打得遍体鳞伤。

演出只得停止了。演员下台劝说与自卫，其中一个被踢伤下嘴唇，还有两个也被打伤，连团长腰部也被踢了一脚。

到派出所报案，又爱理不理，还指责说："你们不要来演就没事！"

在事情发生的当夜，还有几个肇事者跑到剧团住的地方进行威吓，说剧团打了他们的"哥们"，不赔药钱就不走了。

在别无他法的情况下，剧团向该县有关部门写了申诉报告，要求主持正义。县委书记看了报告后，当即挂电话指示宣传部、文化局和公安局，要严肃处理此事。

消息传出后，小小 e 县城议论开了，说这伙人是当地的流氓地痞，有几个还是曾多次进过公安局的"常客"。一个在这里开餐馆的外地掌柜也说这伙人不是人，常常吃了不给钱，专门欺负外地人。

肇事者还不肯息事宁人，煽动他们的"哥儿们"准备单干。

好在有个 S 县老乡在此开店，替剧团的人向公安局报信，事情才没有继续恶化。

因剧团有两人被打成重伤，原定到其他地方演出的计划也被迫取消，准备拉长途回去。肇事者又放风，说要纠合一车人，到半途进行追击。

为了防止他们丧心病狂再干坏事，当地公安机关也采取了防范措施，用摩托车护送剧团出境。

当专车驶出 F 省与 C 省交界的山坳时，大家紧张了两天两夜的心情才松弛下来。

当大家回首遥望 F 省时，一些年轻的女演员都哭了起来。

哎，外面的世界真无奈！

（此文与上犹县文化馆李启衍同志合作，发表于文化部《群众文化》杂志 1991 年第 11 期、《上海文化艺术报》1992 年 10 月 16 日）

红色的烙印

——瑞金中央苏区革命旧址览迹

在纪念中央革命根据地创建暨中华苏维埃共和国临时中央政府成立六十周年之际，我来到昔日红色故都——瑞金。据县志记载：瑞金，原为淘金之地，且有"有航浮于水面，色如黄金，目为瑞"之说，故得名为瑞金。然而其扬名天下，却得益于 20 世纪 30 年代初在这里发生的轰轰烈烈的土地革命运动。

1929 年 1 月红四军下山起到 1934 年 10 月一共五年零八个月，毛泽东、周恩来、刘少奇、朱德、邓小平、陈云等老一辈无产阶级革命家，先后在赣南中央苏区从事革命实践活动。瑞金，是当年中央革命根据地的中心，是中华苏维埃共和国临时中央政府所在地，是中共中央、中共苏区中央局和中央革命军事委员会、中华全国总工会等党、政、军、群机关的驻地，也是这几位中国革命的领导者长期在一起的战斗革命生涯的凝聚起点。在叶坪、沙洲坝、云石山等地至今还保存着许多重要的革命遗址和纪念建筑物，已列为全国重点文物保护单位的就有十五个。这些各具特色的革命遗址和纪念建筑物，是中央革命根据地斗争的历史见证，对历史、现实乃至未来来说，都是无价之宝。

叶坪

沿着新整修的黑色柏油马路，我们驱车来到了叶坪。叶坪位于瑞金县城东北部，距县城约六公里。这里既是中华苏维埃共和国的诞生地，也是中共苏区中央局、临时中央政府机关1931年9月至1933年4月驻地。

一畦开阔的坪地，几棵苍劲的古樟树遮天蔽日，似一群饱经沧桑的老人在窃窃私语，诉说着这里发生的一切。

1929年1月，为打破敌人的封锁，寻找发展革命的更好地区，毛泽东、朱德率领红四军主力从井冈山来到了赣南、闽西。点燃的星星之火，燃成了熊熊烈火，很快就形成了以瑞金为中心的红色区域。革命的迅速发展使中国共产党人意识到，必须建立起人民的政府、自己的正规军队，与国民党反动政府、反动军阀相抗衡。

1931年9月底，即离粉碎由蒋介石亲自坐镇南昌指挥的第三次"围剿"的后半个月，毛泽东、朱德、周恩来等先后住进了叶坪。

谢家祠，原是谢姓宗祠，始建于明代，瓦梁建筑，样式为南方山乡的普通宗族祠堂，古旧阴暗。这是叶坪最大的室内场地。

1931年11月7日至20日，第一次全国苏维埃代表大会在这里胜利召开！毛泽东作了政治报告。大会通过了《中华苏维埃共和国宪法大纲》《劳动法》《土地法》和经济政策、红军问题等决议案，选举产生了第一届中央执行委员会和人民委员会，组成了临时中央政府，毛泽东当选为主席，项英、张国焘当选为副主席。此外，还组织了以朱德为主席，王稼祥、彭德怀为副主席的中华苏维埃共和国中央革命军事委员会。会后将大厅分隔成十五个小房间，为人民委员会、外交、军事、劳动、财政、土地、教育、内务、司法、工农检察等部和国家政治保卫局的办公场所。

走进大厅，看到这些被木板简易分隔的、门类齐全的部门，使人强烈感到，中国共产党已经有目的地在进行国家政权建设的伟大实践了，已经拥有正规的军队——中国工农红军了。尽管这些部门的设置及其功能职责的划定，有仿苏的痕迹，但其在战争年代所发挥的积极作用及以后中国共产党在革命战争、国家政权建设时期从中所吸取的有益经验是功不可没的。

"一苏大"的召开，使瑞金成为红色首都！

紧邻"一苏大"会址的是中国共产党苏维埃区域中央局。该房原是一幢民房，两层楼，中间一天井。在楼上有苏区中央局代理书记毛泽东、书记周恩来和苏区中央局委员朱德、任弼时、王稼祥等人的住房，每个房间的摆设相差无几，一张木板床，一张靠背凳，一张写字桌，一盏马灯，一只公文包，等等。毛泽东住的房间多了张藤制躺椅。据当地老表说，原来毛泽东住的房间只有一扇窗户，临红军阅兵场有条小路从他房间旁通过，晚上没光线路人行走不方便。毛泽东知道后，便叫人在他房间里开了扇窗户，每当入夜，他房间里的灯光照耀着路人通行。

叶坪广场，引人注目的是为纪念在土地革命战争中英勇牺牲的红军指战员而建的红军烈士纪念塔。它由五角星的塔座和炮弹形的塔身组成，似一枚待发的炮弹矗立于广场中间。塔身正面嵌着"红军烈士纪念塔"七个贴金大字，周围缀着无数的小石块，以示由无数革命先烈的鲜血凝结而成；塔座周围嵌着毛泽东、朱德、周恩来、博古（秦邦宪）、项英、洛甫（张闻天）、王稼祥、凯丰（何克全）、邓发九位领导人的题词和建塔标志共十块碑刻。面对庄严的纪念塔，油然升起无限的崇敬之情。正对着纪念塔的是红军检阅台，"一苏大"开幕的这天上午，在这里举行了隆重的阅兵式，晚上还举行了盛大的提灯庆祝活动。检阅台虽是简易便台，但因位置选在上端的正中，站立台上，极目一望，仍能生发出一种庄严，仿佛看到当年的阅兵场，猎猎红旗挥舞，刀枪剑矛闪亮，无畏的红军将士踏着烈士的血迹，前赴后继，英勇杀敌。

在广场的下端两角，有为纪念著名烈士、红军高级指挥员黄公略、赵博生（宁都起义领导人）而分别建造的"公略亭"和"博生堡"。

烈士的鲜血浸染了这片红色的土地！阅兵场那茂密的草丛在风中低语，仿佛在提醒每一位后来者不要忘记……

这些纪念建筑物都是由第二次全国苏维埃代表大会准备委员会筹建、梁柏台担任工程指挥、钱壮飞为工程设计的。红一方面军主力长征后，遭受国民党反动派拆毁。1955 年按原貌重建。

沙洲坝

从叶坪往回走，离开县城，向西行五公里，便是闻名于世的沙洲坝。

1933 年 4 月，即第四次反"围剿"结束，为躲开敌机的轰炸和敌特的侦探，中央苏区党政军群机关集体搬迁到沙洲坝，直至 1934 年 7 月才离开。

掩映在松柏丛中的中华苏维埃共和国临时中央政府大礼堂，八角造型，似一顶红军"八角帽"端放在那里。正面上端镶嵌着镰刀、斧头、麦穗、五角星等图案组成的中华苏维埃共和国国徽浮雕，两排并行的"中华苏维埃共和国临时中央政府"赤色楷书，在阳光的映照下，清晰、耀眼；大厅内设主席台，分厅座、楼座，悬挂着各色标语、彩旗。给人一种雄伟、庄严的感觉。

1934 年 1 月第二次全国苏维埃代表大会在此召开，出席大会的正式代表 693 名，候补代表 83 名。会上，毛泽东作了政府工作报告和大会审议报告的结论。大会审议和通过了修改后的宪法大纲、经济建设、苏维埃建设等决议案，以及关于国徽、国旗、军旗的决定；选举产生了175名中央执行委员、36名候补中央执行委员组成的第二届中央执行委员会。毛泽东继续当选为主席，项英、张国焘继续当选为副主席；选举张闻天为人民委员会主席；还选举朱德为中央革命军事委员会主席，周恩来、王稼祥为副主席；等等。

这地方原名叫老茶亭，中央机关搬迁到这里后，为解决大型集会的场所，指定由总务厅长方维夏负责、袁福钦组织实施、黄亚光设计门兀图案和题写标志名称，于1933年8月动工、12月竣工建造起这座土木结构的大礼堂。1934年10月，主力红军长征后，白色恐怖笼罩瑞金，神圣的大礼堂被国民党军队野蛮地拆毁。现存的为1956年按原貌重建的钢筋混凝土结构。

距大礼堂不远处，就是中华苏维埃共和国中央执行委员会驻地。院前三棵合苑的苍劲樟树，浓荫葱郁。院内铺就的鹅卵石，平整匝实。此屋叫元太屋，是个姓杨的私宅，为两层楼的土木结构，分上下厅，左右两旁为住宿和办公场所，光线偏暗。曾在此办公和住宿的有中央执行委员会主席毛泽东，委员徐特立、何叔衡和秘书长谢觉哉等。在此期间，毛泽东致力于调查研究，关心群众的生产和生活，先后写下了《必须注意经济政策》《怎样分析农村阶级》《我们的经济政策》《关心群众生活，注意工作方法》等光辉著作。

元太屋，既是中央执行委员会驻地，也是其行政机关中央人民委员会驻地。第二届人民委员会的机构除保持原九部一局外，还增设了国民经济委员部和粮食人民委员部。当时的人民委员会主席张闻天及其他工作人员也在这里办公和住宿。

由元太屋稍向下走便是新中国成立后连小学生也知道的"红井"了。当年，沙洲坝是一个极度干旱的地方，在当地流传着"有女莫嫁沙洲坝，春天无水洗手帕，求雨不到地开岔，旱死蛤蟆，烤干鱼虾"的民谣，老表们饮用的水都是污浊的池塘水。1933年9月的一天，毛泽东带领中央政府的工作人员和当地群众开挖了这口水井，解决了群众的饮水困难。红军长征后，国民党反动派曾多次企图填掉这口水井，沙洲坝人民与敌人展开了不屈不挠的斗争，终于把这口井保存下来了。新中国成立后，瑞金人民尊称这口井为"红井"，并于1955年在井旁立了"吃水不忘挖井人，时刻想念毛主席"的纪念牌，以示对毛主席的深切怀念。

如今沙洲坝绿色覆盖大地，"红井"汩汩的清水湿润着代代老表们的心田。来这里瞻仰的客人都要灌上满满一壶"红井水"，带给远方的亲人共享甘甜。在沙洲坝，还有中华苏维埃共和国中央革命军事委员会、中国共产党临时中央局、中国共产主义青年团中央局、中国工农红军总政治部、中华全国总工会中央执行局等多处重要的革命旧址。

云石山

云石山位于瑞金县城西十九公里，垒石岩岩。这里是中央苏区党政军群领导机关 1934 年 7 月至 10 月在瑞金中央苏区的最后驻地，也是红军中央纵队和中央领导机关长征的出发地，被后人称为"长征第一山"。

1933 年 9 月，蒋介石急于消灭中国共产党和中央红军，投入 50 万精锐兵力，并得到德国等帝国主义国家的援助，开始了对中央苏区的第五次"围剿"。在中央，以李德、博古为首的"左"倾冒险主义者完全操纵了中央军委的领导权，彻底抛弃掉毛泽东的正确军事路线，坚持"御敌于国门之外""短促突击"等极端错误的战略方针，致使战役连续失利，红军损失惨重，根据地日渐缩小。

　　1934年7月，正值第五次反"围剿"最激烈、最紧张的时刻，中央政府从沙坝迁往云石山。中央执行委员会和人民委员会就驻于简朴古色"云山古寺"内，毛泽东、张闻天等在此地办公和住宿。毛泽东虽被排挤出党和军队的领导核心，但面对时局的严重危机，仍积极提出正确的军事主张和并在政府工作方面作出他的不懈努力。当地至今还传颂着他为一对失散多年的青年男女牵线做媒的动人故事。

　　（此文刊发于《赣南文化报》1991年12月15日）

异彩纷呈采茶苑

——全省首届采茶戏观摩调演述评

江西采茶戏作为一个地方剧种，历史源远流长，影响广泛，有着浓郁的乡土气息和喜剧色彩。这次南昌、宜春、赣州、九江、抚州、萍乡、吉安七个地市的九个采茶剧团汇集于赣州观摩调演，切磋技艺，可谓是一次采茶戏的大展示。

调演一共演出了十七出短小精彩剧目。从题材来看，大致可分为革命历史题材、古典题材、改编的传统剧目和现实题材等四大类。内容上有歌颂苏区军民鱼水之情，有反映农村建设改革的火热生活，有表现劳动人民在旧社会与恶势力、封建习俗作斗争的正义之举，也有抒写忠贞不渝的婚姻爱情生活和妇女自强自立的觉醒意识，等等。

各路采茶戏虽有众多的相同之处，但因传统沿革、地域、外来影响的不同，各路采茶戏"八仙过海，各显神通"，在采茶苑里显得异彩纷呈。这次观摩调演给人这么一种感觉：南昌、九江的采茶戏从外来艺术如京剧、赣剧、现代舞蹈等吸取了更多的成分，取材上更擅长于古装戏，在表演上也更为古典化和规范化，如《辨冤》《挂画》，一招一式，一唱一语，都显得规范统一、古典高雅，特别是唱、做、念、打中的"打"用得好，随着剧情的需要，旦角表演翻滚旋转这些高难动作，还有剧情酣畅淋漓的表现，都令人叫绝。

而赣南、吉安的采茶戏则更囿于传统，多表现乡间俚语俚事，不大讲究情节故事，人物刻画细致入微，丑行仍然是戏中引发、贯穿的角色，诙谐幽默，载歌载舞，富有喜剧色彩，地方特色浓郁。如《双打龙凤刀》《补背褡》就有所体现。即便如《红线记》《四星望月》这样的革命历史题材在艺术处理上也偏重于小人小事单一情节。

宜春、抚州、萍乡的采茶戏则从话剧方面吸收了养分，以现实题材为多，表现火热的生活和现实中的尖锐矛盾、斗争。如《鸡缘》《闯关》，剧本故事性强，人物性格分明，道白、歌舞均占比例，表现上写实性与虚拟性并举。不过在传统节目里却不完全如是，如《四九看妹》，与赣南采茶戏的《睄妹子》，在取材、表演上都有异曲同工之美。

从整个演出来看，仍存在着某些不足与缺陷，但不管怎么说，此次调演对发展我省采茶戏是很有意义的。

（此文刊发于《赣南日报》1991 年 12 月 16 日）

我乘巴士回故乡

临近大年，就想坐中巴回乡。

想坐中巴回乡过年的念头还是前几年一次到广东出差时产生的，坐上那又快又稳又舒坦又便宜的中巴奔驰在乡间的马路上，实在令人快活！

记得我上大学那阵，不要说坐中巴，就一张回家的班车票钱就可抵得上一个月的饭菜票。在我家乡那个一人的车站，一天一趟班车还常常误点或抛锚。

寒假我回到家里要做的第一件事，不是去看望外公外婆，不是去看望同学旧友，而是去托人寻路子求那个一人车站的站长留好一张返校的班车票。

初二刚过，小站就涌来了一批批候车的人群，那翘首以盼、望眼欲穿的烦人场面实在难以忘怀。一旦听见班车声，候车人便欢呼雀跃，似乎过年也没有这么高兴，这么激动过。

因乘车而发生的不愉快的事连连不断。我的一位中学同学因乘车误了终身大事。说起来，真令人感到伤心、悲哀。那年他大学毕业，分到市里一个国营单位，挺精神挺洒脱的一个小伙子，一下子就对上了一个漂亮的女朋友。家里知道了，左一封信右一封信催他带她回去。他自己也颇为得意，灵感大发，赋诗一首："从城里带回我的女友，进山的小路，将被一双羞涩的高跟鞋叩响。"

他俩好不容易挤上唯一的一趟"老爷"班车，没驶出多远，"老爷"班车当真做起了"老爷"，不肯往前赶了。于是停停走走，走走停停，女友晕车，"哇"的一声，秽物汹涌而出，弄得他又是揩拭，又是捶背，手忙脚乱，嘴里还得不停地念叨："快到了，快到了。"像哄一个还在吃奶的小女孩。真的到站了，"我要跟你吹！"女友一句话，子弹似的射来，调头随车就回了城。就这样，两点之间就永远画上了一个大句号。

每当我摩肩接踵挤向乘车的人流时，想坐中巴的念头就会泛起，而这一天，随着赣南改革开放的进一步深入终于降临了！

现在，以赣州为中心，通往南昌，通往广州、深圳，通往全区各县的公路上都有中巴在风风火火地奔驰。你看，那些南来北往的生意人，将大包小包塞满了中巴，那些风尘仆仆的观光客，走马灯似的来了又去，去了又来，中巴，在宽敞的柏油路上奔驰……

记得开往我家乡的第一部中巴是一位在部队当过司机的退伍军人买的，那天，当崭新的中巴开进我们村时，朦胧的山村又一次睁开了惊异的亮眼！我的乡亲不晓得这叫什么车，一律称为"小车子"。接下来一辆、两辆，随后，种田人就做起了生意人，开始了满世界的打转转。

而今我又要回家过年，而且真的要坐中巴了。看见那些想要回家、急着回家的人群扶老携幼、肩扛手提被一辆辆"的……的……"欢叫的中巴迎入车内，流星似的射向四方。正待我目不暇接、浮想联翩时，一辆中巴悄然而至，我来不及说声"你好！中巴"，车门便"咿"地打开又"砰"地关上，我便眯起眼睛做起了与家人团聚的美梦。

（此文刊发于《赣南日报》1992 年 2 月 4 日）

好好对待你自己

年轻的朋友，放松你自己，躺下去，天也不会塌下来，站起来，山也不会再增高，不要老是记得你自己。

年轻的朋友，放松你自己，心相印，世界不只你一人，天苍苍，地球不只有陆地，你要好好对待你自己。

（此文刊发于《赣南文化报》1992 年 4 月 15 日）

抓文艺产品要注意【适销对路】

　　做生意讲究适销对路，抓文艺产品也应在注重社会效益的前提下，注意"适销对路"。

　　文艺产品的生产，如拍摄一部影视片，上演一台新剧目，编写一本书，在动手之前就应考虑读者、观众的健康审美取向，然后确定是否投入创作生产。《红太阳》盒带为何一版再版，畅销全国，就是因为制作者抓住了当前观众涌动的"毛泽东热潮"。

　　然而像这样一说即明了的问题，在文艺界特别是在基层文艺界却老是拐不过弯来。究其原因，乃是几十年来抓文艺产品的生产靠的是财政拨款，无须自己去赚，也不须考虑能否收回成本，用于今后继续扩大再生产。比如剧目生产，生产者考虑得更多的是能否在某次调演或会演中拿奖，而很少考虑有无观众市场，能否卖座。奖是拿了，但观众不爱看，没有票房收入，投资几千、几万元的剧目演出了几场就刀枪入库、束之高阁，用商品经济眼光来看，实在是划不来。以此下去，经济实力再好的剧团也会吃不消的。

事实是，凡符合观众健康审美需求和思想的文艺产品，最终是要显现其艺术价值的。像赣南采茶戏的几出保留剧目，最初不就是在观众中占有市场，边演边改，久演不衰，成为艺术珍品的？

只有在强调文艺的社会使命的同时，注意文艺产品的"适销对路"，才能使文艺事业在商品经济大潮中求得生存、发展，这也是不可忽视的文艺规律。

（此文刊发于《赣南日报》1992 年 5 月 26 日）

赣南客家婚俗

客家人聚居在闽、粤、赣三省交界的三角地带，由此地逐渐流布于香港、台湾、东南亚，乃至世界各地。赣南是客家人的主要居住地之一，在中国客家民系形成的过程中占重要地位。据资料查证，该区的居民，其祖先大多数是从中原地带南迁而来，赣南现有人口百分之九十以上是客家人．由于源流不同和历史演变，赣南客家人的婚姻嫁娶形成了独特的风俗习惯。其婚姻过程大致可归纳为以下几个阶段：

一、看妹崽仔

说媒，赣南客家人称之为"看妹崽仔"（也含见面之意）。男女当婚年龄时，男方家长就拜托媒人（亦叫"介绍"、红姨婆，俏皮话称"狗咬裤脚的"）说："看哪家有没有合适的妹崽？"意即要媒人去说亲。

媒人则根据男方家底、人品及才能去物色一个相当的姑娘。男女双方在年龄上有"男莫大七，女莫大一"之忌。说媒的方式有：向女方的家长求亲，或托女方的亲戚朋友向女方本人求亲，或用开玩笑的语气直接向女方求亲。起初一般是口头形式（即使自由恋爱的，最后也要拉一个人充当说媒的，以示正当）。如果双方有意，商量选择一个吉日，由媒人约好，在双方亲人的陪同下见面。

见面地点，墟场茶馆店、亲戚朋友家都可。男方设便宴招待客人。

见面后双方如合意，男方要包"见面礼"。钱数要有"九"字，比如九元或十九元。因"九"和"久"谐音，婚姻大事要长久，图个吉利。此外，陪同来的女方亲朋也要发红包，皆大欢喜。如男方不合意女方，"见面礼"就包得很少，像三、五元之类的；如女方不满意男方，就会拒绝接收"见面礼"。即使收了，在数天后也会如数退还，表示不同意这桩婚事。

在聊天中，双方都会寒暄一番，谈谈家常，初步摸摸对方的底细，互相了解。再看看双方人品、才能，是不是智力障碍者，残疾或有无其他生理缺陷。

本地曾流传这么一个民间故事：一个男跛子看妹崽仔，在初次见面时一只脚总是搭在门槛上，一步不移；而女方是一个"田螺花"（白内障），总用手绢遮掩脸庞，像是羞羞答答的，媒人也隐瞒了对方的残疾。双方都认为自己这一着很高明，占了便宜，答应成亲。新婚之夜真相大白，大呼上当。这个故事告诉后人，要谨慎观察，详细了解，以免误失终身。

二、访家

访家（土话又叫"拉屋宇"）。其实是通过访家看看男方的家产、人情、习俗等。是公开地向人们表示，双方同意对亲。

当说媒成功后，男方本人要在媒人的陪同下，正式登门求亲。带的礼物要三牲（猪肉、线鸡、鱼）、酒、糖果等。目的是约定一个日子邀请女方本人及亲人来自己家看一看。

女方家里大多数是将男方送来的礼物办酒席热情招待一番。其中，一碗酒酿蛋招待未来女婿的是常事，酒酿蛋里包含着对待这门亲事的诚意，标志着亲事的良好开端。值得一提的是，讳忌两个蛋，最好是三个以上。男方在吃酒酿蛋时，最好剩一个，表示文雅、懂礼。

约定日子后，男方即告知家族或邻居，某日女方会来访家。这天，家族或邻居送来米酒和果子、荤盘等茶点招待客人，表示这里的人有客情，好相处。主人办酒席款待女方客人，一般标准是"四盘八碗"（即四个盘子和八个碗的菜）。

酒席散后，如女方满意，会提出要求，要男方本人陪同到市场（或商店）逛逛。言下之意是去剪些合适的布料。而男方必须做好准备，否则将会出现僵局或被人视为不通情理。

女方要辞别时，要包正式的"见面礼"，且要比第一次见面时略高一些，表示日臻成熟。男方还拿好女方带来的伞（不管晴天、雨天均会带伞）送别。分手时，女方会回敬一个"送伞包"，表示感谢之意。

三、定数

在访家后，接下来便是定数（即订婚，也叫订日子）。一般是女方家长提出彩礼数目。大致内容有办酒席的猪肉、头牲、鱼的数目，孝敬双亲的"恩息礼"以及衣服、嫁妆等。有的甚至连糯米、豆类、食油、小菜都算到了。而男方则根据自己的家底，考虑对方的要求讲讲价钱。当地的意思是"讲亲讲亲，越讲越亲"。这种定数一般秘密地进行，生怕别人多嘴说是"买卖婚姻"，其实，这是周瑜打黄盖——一个愿打，一个愿挨，谁也不去干涉。彩礼要通过媒人之手交给女方，防止日后变卦，口说无凭。

四、送节

定数后，男方逢端午、中秋、过年三大节，要向女方送节（又叫睄节）。

大致惯例是：

送端午：除三牲（猪肉、线鸡、鱼）外，还要一件（或一套）夏令时节衣裳，一把伞，一把扇子，一顶草帽及鞋面布、苎麻、粽子。

送中秋：大体与送端午相同，不同的是粽子改成月饼。

送年节：一件（套）冬季时令的衣裳，一把伞，一只火笼，鞋面布（做棉鞋用），苎麻等。三牲要略多些，另加年果、年糕等。送的礼物要贴上红纸或染上红色，表示吉祥如意。

女方回篮只要回些粗糙果子或三牲的一小部分就可以，不能让人空手回去，免得说女方不懂事理，小气。

五、结婚

结婚是指到乡政府打结婚证书，履行《婚姻法》规定的结婚手续，但礼节也不少，例如：要求女方来结婚，要给"步仪礼"；女方去检查身体，要包"遮羞礼"等。如果男方"订数"时允诺的条件没有兑现，女方是不肯轻易去乡政府打结婚证书的。女方往往利用结婚这个关卡迫使男方就范。

六、过娶

过娶：指男女双方在办完结婚手续后，按农村风俗习惯举行婚礼仪式，男方叫娶亲（也叫讨老婆、娶老婆、讨妇娘等）；女方叫过门（也叫归门、出嫁）。按当地的风俗，打结婚证仅仅是形式，实质性的还是过娶，过娶后才算夫妻（没有过娶就同房会被视为伤风败俗。俏皮话说成"偷冷饭吃"，倘若生了孩子过娶是不光彩的事）。这个阶段比较繁杂，过娶日子由男方先定。一般会选几个日子，便于女方选择后决定。定下日子后，女方要包个红包给外婆家，这个"包"叫做"打水礼"。外婆或舅公会在日前挑着"三牲"及酒、棉袄、布料、床单、鞋等前来送嫁。

姑娘出嫁前一天，称之为"暖轿日"。这天晚上和次日出嫁的中午要大办酒席隆重招待四方来客。有趣的是，做新娘的有一种哭嫁的规矩。姑娘在出嫁前要"哭嫁"，这是闺女在显示"哭艺"。有的在出嫁前几天，就要拉开"哭"的序幕，除预习"哭词"之外，正式要哭三天，直到出嫁上轿后为止。一般在出嫁前一天的晚上，是哭的高潮，亲人"陪哭""劝哭"，彼此都是眼泪汪汪，哭声不断，她们哭起来有腔有调，有板有眼，抑扬顿挫。在哭嫁中，有"哭爷娘""哭祖宗""哭命运""哭哥嫂""哭媒人""哭上轿""姐妹对哭"等，是一场新娘与亲人倾诉衷肠、倾诉离别之情的"大合唱"。当地人认为，哭嫁是一种吉祥如意的象征，不哭不体面，不哭不热闹，不哭命不好，不哭家庭就不兴旺发达。姑娘往往触景生情，出口成歌，极富音乐感。朋友为了安慰姑娘，献上"叫包钱"（当地把"哭"说成"叫"），这是姑媳过门的一项重要礼仪。有的地方要"叫包钱"的形式文明些，新娘在上轿前的酒席上，殷勤地为客人敬酒。一边是眼泪汪汪，一边是甜言蜜语。客人会自觉地把"叫包钱"放在新娘早已准备好的盘子里，安慰几句吉祥话，以示回敬新娘喜酒。

当接亲的队伍来了以后，女方家里还要向对方索取诸多的"礼包"。例如：在接亲的队伍未进门之前，吩咐小孩用桌凳拦门，讨"姊妹钱"。男方内行的"出亲客"（实际是男方的主事人）则一边撒下硬币，一边趁小孩忙于抢地下钱之机，撩开桌凳破门而入。进门后还要给各种"礼包"。如给女方主事人的"宣书礼"，给厨房下的叫"厨师礼"，给端菜的叫"走堂礼"，为姑娘做了嫁妆的裁缝师傅要给"缝衣礼"，纳鞋的叫"针工礼"，梳头打扮的叫"整容礼"，穿衣服的叫"穿衣礼"，提水洗澡的叫"沐浴礼"，背新娘上轿的叫"扶鸾礼"，还有给媒人的"步仪礼"。这名目繁多的礼数由"出亲客"与女方主事商定，可讨价还价。如有差错，发亲将拖得很晚，但不可以超过当日中午 12 点。当催促出嫁的唢呐声和鞭炮声响过后，女方应准备就绪，把陪嫁的礼物收拾好，摆在男方扛来的扛盒里，礼物都是成双成对的，除衣物、鞋子、袜底和其他日用品外，还摆有花生果、柑橘之类的物品，准备到男家后打发前来看热闹的小孩。新娘家把扛盒抬出厅堂后，男方家要来人接过去。新娘有个"花箱子"，比较精致，里面放着"叫包钱"，一般由最亲的小男孩带着，锁匙则由新娘本人保管，到了新娘家后，新娘要给带花箱子的小孩一个"红包"，才能取走"花箱子"，调皮的还会要挟一下，多给点才行。

　　新娘上轿很有讲究。旧时要穿红衣服、红绣花鞋，现在则穿上新衣，遮上红帕，亲人用米筛罩住头顶，由新娘的兄长或叔伯背着上轿（现在也不兴轿，就在厅堂正中放一张凳子代替轿子）。为什么要用米筛罩着头顶呢？原来本地有一句俗语：壁钉上挂米筛——横眼仔多（即白眼看待之意），而米筛是平放在新娘头顶，言下之意是竖眼看待（即闺女的出嫁是正大光明的），其实这是和旧时遮罗帕一回事，只是用物不同而已。新娘放在凳上以后。即由牵新娘的少女（男方请来的）背上，一直背到出了大门才放下，有的新娘要赖不肯下来，累得背的人气喘吁吁，欲罢不能，欲背不能，那副样子实在好笑。出亲的队伍顺序一般是：吹鼓手走在最前头，依次是抬扛盒的，新娘在陪嫁姑娘陪伴下慢腾腾地走着（现在有的改为搭自行车，扶车把的人一般是新郎；有的改坐小汽车）。有人家或与行人相遇的地方，就会放一个爆竹，吹一阵唢呐，意思是欢迎人们来看新娘。

如果有两对新娘在路上相遇，本地俗语叫"撞火"，为避免"撞火"，就要攀红绳。这种做法与体育项目——拔河相似：在一根事先准备好的红绳中点上，用剪刀剪开一点点，双方新娘用力一拉，红绳就对半分开（意思是双方平等），然后各自赶路。也有的地方如果在山路上"撞火"，双方新娘便马上登山，抢占制高点。意思是看谁爬得快，胜过对方，那股劲比爬山比赛还要大，往往是双方爬得气喘吁吁。各自的人马都在山下呐喊助兴，为新娘婚事增添了一番情趣。

当新娘到男方家门口时，家里人要回避，恐怕"撞火"，日后不和。无儿女的孤寡老人及孕妇也不能上前，以免不吉利。新娘过门后，让其坐在一个竹编的大田簸里，然后由"出亲客"主持，新郎新娘双双牵着红绸（或红绳）跪拜。一拜天地，二拜祖宗，三拜高堂，最后是夫妻对拜，然后才引进洞房。

闹洞房：吃罢晚饭，要闹洞房（又叫搞房，吵房），前来闹洞房的人大多数是没有结婚的后生，进洞房每人要向新娘讲几句吉利话，如"一粒花生两颗仁，养到崽子读书人"等。新郎新娘则用喜酒、糖果招待客人。按习俗，客人出题目，新郎新娘要按要求做题，达到客人要求后，要客人喝酒。新郎新娘往往有题必做，使来客酩酊大醉。现在出题的内容大多数较文明，有的要新郎新娘说说恋爱史，有的要男女双方用筷子共夹一粒糖，有的要新娘点火给新郎吸烟，还有说粗俗却无恶意的俏皮话的。收场时，要放鞭炮送客离洞房，以示热情和谢意。

婚后第二天早上，有一餐酒席招待内亲，这餐酒席叫"拜堂朝"。吃过"拜堂朝"，前来贺喜的内亲也陆续回去。离别时，吹鼓手用唢呐送别，到此，整个仪式算是拉上了帷幕。

当然，随着时代的演进，这些礼节、习俗也在简化、变革，特别是各地倡导的婚事新办，赣南客家婚俗也在向文明新风转变。

（此文与上犹县文化馆李启衍同志合作，刊发于《赣南社会科学》1992年第6期）

"播火者"

在当年项英、陈毅打游击的赣粤边油山山区，常年可见一位肩挑手提、走村串户的卖书郎，他就是信丰县万隆乡文化站副站长、共产党员李汉晟。

年过 40 的李汉晟，高挑个子，脸庞棱角分明，说起话来像打机枪似的急促。从 1983 年至今在乡文化站卖书已达 9 个年头，他之所以涉足这一苦差中，缘起于他脚下这片热土和他所钟爱的老表们。

李汉晟 1973 年高中毕业回乡后，当过会计、农技员、生产队长，在 1981 年农村实行联产承包责任制的第二年，就一举成为信丰县屈指可数的"向国家交售余粮超万斤"的售粮大户，被评为县劳模。"一花独放"不是春，只有"百花争艳"才能"春色满园"。自己富了，不能撒手不管左邻右舍的父老乡亲们，他们应该过上殷实、舒坦的日子。在用烈士鲜血浇灌的红土地上成长起来的李汉晟从回乡几年的实践中深切感受到，科技文化知识对世代"脸朝黄土背朝天"的种田人的重要！一次难忘的"水稻药害"事件，使他由"种田郎"变为了"卖书郎"。

　　一个同村农民由于不懂得科学种田，把农药西力生当作混合粉使用，每亩按规定只能用250克的分量，他却用了7.5千克，使水稻遭受严重的药害。望着大片枯黄、颗粒无收的水稻，那位老实巴交的农民凄惨兮兮地蹲在田头，久久不肯离去。夜幕降临，炊烟袅袅，李汉晟路过田边时，再一次揪紧了心。一连几夜他失眠了，老农愁苦的脸容，不时地在他眼前闪现，想挥也挥不去。要知道，在全乡类似这位农民的还大有人在，因为文化素质低，不懂得合理施放农药，造成了农业生产不应有的损失。在天灾人祸面前，他们只能仰天长叹，束手无策。作为新时代的青年，有责任去帮助他们获得知识，掌握技术，把他们引导到靠科技知识发家致富的轨道上来。他试着从县新华书店购进700册《农药使用技术》，不出半月便告罄大吉。

强烈的责任心和初次尝试的成功使他坚定了决心。他主动请缨承包乡里的文化室。在县、乡领导的支持下，李汉晟正式成了文化站的一员，他凭着自己的一腔热血，走上了坎坷的农村图书发行之路。

他在走村串户的调查摸底中发现，老表们虽然手头紧，但有生活热望，希望尽快走上致富的道路，苦就苦于没有技术，没人传授，找不到致富的金钥匙。他抓住这一心理特点，从广州、南昌、赣州、韶关等地购进一大批农村实用技术书，《水稻病虫害防治》《农作物栽培》《快速养猪法》《科学养鸡》《养蜂技术》《柑橘栽培技术》……凡是农村用得上的图书他都统统购进。这些适销对路的书，打开了山区闭塞的大门，使溟濛的山村又一次睁开了亮眼，山区沉寂的世界又出现了一片忙碌的景象。

身体残疾的"漏斗户主"李进财，每年一到春上就揭不开锅。李汉晟知道后，主动送书上门，提供一系列的养鸡技术书籍。鼓励他靠养鸡技术致富。如今，李进财不仅掌握了一门养鸡技术，还练就一手过硬的鸡病防治要领，每年收入达2000多元，原先生活只能半自理、愁得整日唉声叹气的李进财，成了风光全乡的病鸡"大夫"。有人说他是祖宗开了眼，名字取得好，只有他本人心里清楚，没李汉晟，他何时才能进财？

退伍军人李水生，他虽然不像李进财身患残疾，但精神却曾受过严重的创伤。在极"左"年代他因说了几句气话，就被打入监狱蹲了几年牢，从此他一蹶不振，到处逛荡。一天，他逛进了李汉晟开的书店，李汉晟满面春风地接待了他，向他介绍近年党的农村致富政策，打消其思想疑虑，又实打实地推荐《山地柑橘》《西瓜栽培》等书籍给他看。李水生回家后，左思右想，觉得李汉晟说得在理，重新打起精神，扛上锄头，日夜奋战在荒山上，当年就开垦出8亩荒地，并全部种上了柑橘、梅李等果树。如今，他的果树已经挂果，每年仅果树一项收入就达3000元，成了当地小有名气的山地开发户。更为可喜的是，在他的示范带动下，这个村大部分农民开始由零散的果树种植走向山地果业规模开发的经营之路。

"外面的世界很精彩"！毗邻广东的赣南，南海开放的季风很快就迅猛地吹荡进这片干渴的红土地。老表们再也不满足于"日出而作，日落而息"，世代厮守故土的生活了，他们要到外面的大世界去闯荡，要在沿海特区的舞台上唱一曲打工仔（妹）之歌。显然，扛着锄头、扁担去打天下是不合时宜的，也是寸步难行的，得先学会一门混饭吃的手艺。学裁缝既快速又便宜，于是赣南山村的青年男女们一窝蜂扑在了小小的缝纫机平板上，"吱纽吱纽"的缝纫机声，日夜回响在这山乡旮旯里，敏捷的李汉晟很快就捕捉了这一信息，一次就从外地调进1200 册《江西服装》《上海服装裁剪技术》《时装裁剪法》等书，同时在乡文化站与人联营办起"万隆乡文化站服装裁剪培训班"。如今，小小的万隆乡就有三四千人在广东打工，他们大多是搞缝纫的，有几名小伙子还做了那里的领班，月薪上千元。

"是李汉晟用图书为我们架起了致富的桥梁。"在广东打工富起来的乡亲，没有忘记还在家乡默默劳作的李汉晟，他们其中几个出钱，包吃包住包车费，邀请他去广州等地游玩。宏大的天河体育馆、秀丽的越秀山公园……留下了他壮实的身影和欢乐的笑语。

9 年来，他走遍了赣粤边的信丰、全南、大余、安远、南雄 5 县十多个镇，行程达 5 万公里，累计发行了 110 万册图书。山区的石径小道留下了他一串串脚印，留下了他一滴滴汗水！

9 年来，李汉晟与赣粤等省十多家新华书店建立了正常的业务批发关系，与全国几十家出版社、杂志社保持了通畅的业务和信息联系。

9 年来，李汉晟在贫瘠的土地上点燃了致富的星火，他自制的《农民缺书登记卡》换了一本又一本，他赊销图书的记账本厚厚地记了一大摞，经他直接传授技术或提供信息而走上致富道路的已达上千户人家。同时，他在帮助别人致富时自己也富裕起来了，现在他拥有录像机、彩电、收录机、照相机、桌球等近万元的固定资产，有价值 7 千元的库存图书，还有 3 千元的流动资金，年图书发行收入在六七千元。

9 年来，李汉晟赢得了各种荣誉，1985 年他光荣地加入了中国共产党，1986 年他被评为"赣州地区农村图书发行先进工作者"，1989 年他又被授予"江西省文化系统先进工作者"称号。李汉晟和他所在的文化站前后多次受到省、地、县表彰。文化站挂满了各级颁发的奖状、奖匾。站里的记事簿上，记录了省、地党报、杂志刊登的他的先进事迹。

这位用科技图书使成千上万的农民走上致富道路的"播火者"又在构想着新的"播火"蓝图。

（此文与赣州地委宣传部曾庆红同志、赣州地区文化局厉学明同志、信丰县委宣传部李坊裢同志合作，刊发于《赣南日报》1992 年 8 月 19 日、《新闻出版天地》1993 年第 6 期）

一尊封建势力的滋生物

——杨天白的塑造对《菊豆》影片意义的深化

　　禁映多年的《菊豆》上映后，人们对菊豆与杨天青偷偷相爱的产物——儿子杨天白的塑造颇为不解：一个乳臭未干的小子充满杀气，有一颗泛着幽亮色的光头，一副铁青色的面孔和一双阴鸷而又麻木的眼睛，他宛若幽灵一般不时出现在菊豆与天青之间，成了亲生父母结合的拦路虎，最后竟然把生父扔进染池，一棒把他打死在染池里，这实在是有点不合情理，令人难以理解、接受。

　　但笔者却认为这正是"怪才"张艺谋的高明之处。儿子杀死老子，这是何等的触目惊心、振聋发聩！菊豆不堪忍受染坊老板杨金山的变态折磨、暴虐蹂躏，偷偷与杨天青相爱生下个儿子，但这儿子除有通常人的吃喝拉撒外，张艺谋在其身上赋予了比一般人更多的内涵，在这里，他是个集宗教、愚昧、恐怖、邪恶、死亡于一体的封建势力的载体，是死去了的杨金山的再现，是个物化了的"人"和表意的符号。

通观张艺谋导演的四部影片，都有丰富的反封建色彩，这在《菊豆》和《大红灯笼高高挂》中尤为突出。在《菊豆》中，编导者所要传达给观众的主要内涵是反封建的思想。儿子杨天白的塑造对全片意义的深化，笔者以为至少有如下三个方面：

一是儿子杀死亲生父亲，说明封建势力的极端凶残、六亲不认。菊豆与杨天青，一个是被金钱买来做传宗接代工具的老婆，产生压迫与被压迫、反抗与被反抗的矛盾关系是情有可原、合乎情理的；而现在却是儿子阻碍亲生父母的结合，在明知自己的真正身世后，仍然不顾父亲的养育之恩和母亲声嘶力竭的哀求，决然杀死父亲，毁掉了本是圆满一家人的幸福。这充分说明封建势力及其代表的凶残、绝情和毫无人性。

二是父母的血缘关系也改变不了封建文化对人无孔不入的侵蚀，说明封建文化腐蚀性之强。俗话说："龙生龙，凤生凤。"

可菊豆与杨天青生下的儿子却是个反目为仇、恩将仇报的孽种。杨金山的残疾，使其有机会整日在杨天白小小的心灵中灌输腐朽的封建意识；封建宗法势力的层层熏染，使杨天白产生乖张、异化的行为。他将亲生父母的相亲相爱视为大逆不道、背离了封建伦理，将自己的出生不是正统的，视为大忌。连亲生有血缘关系的未成年人都深受其害，可见封建文化腐蚀性之强。这是导致悲剧发生的最根本的祸源。

三是封建思想意识根深蒂固，告诫人们反封建斗争任务的长期性和复杂性。按道理，杨金山的死去，为菊豆与杨天青的公开结合带来了福音，使得他们再也不需偷偷相爱、苟且做爱了，但却冒出个杨天白，最令他们无所适从、不知所措的是，阻碍他们两人结合的是自己的亲生儿子，是俩人未来的希望，因而处于非常尴尬的地步。杨金山可以恨，甚至可以杀死，儿子却不能恨、不能杀死，这是何等的无可奈何！解决这一症结的有效办法是逃离染坊，避开知情的人，或是勇敢地站出来反抗，但菊豆与杨天青，尤其是后者始终没有勇气离开这个封建阴影浓重的染坊，更不用说为自身的生存合理性而斗争了。要知道单凭性的冲动、苟合在强大的封建势力压制下是如此脆弱、不堪一击。儿子杨天白，这个封建势力的载体、滋生物终于以一棒无情地击下去而悲剧性地结束了全剧。可见封建思想意识的顽症有多强，它会代代相衍，必须进行彻底的斗争。但有时不好分辨的是，你反对的就是你的亲朋好友，甚至是骨肉。因而影片告诫人们的是：在中国这样一个有几千年封建历史的泱泱大国，反封建斗争具有长期性、复杂性和艰巨性。

（此文刊发于《赣南广播电视报》1992 年 12 月 3 日）

鸡年大拜年

拜年是中国人特有的礼仪。大年初一至元宵，宾客临门，主人端出年前就准备好了的果子、瓜子、腊货等年货，斟上美酒，互相祝福，恭贺新年。笔者在鸡年春节采撷了一组拜年的特写镜头。

A.除夕之夜或大年过后，各级领导干部都纷纷出动，或是看望坚守岗位的干部、职工、战士，或是到高级知识分子、拔尖人才、社会名流、离退休老干部、老职工家里慰问，或是到自己直接管辖的单位、部门看望。像这样的拜年，则是最为普遍、最为常见的场面了。笔者了解到有个地区的领导，大年初二就带上剧团、电影队深入到偏远的农场、林场慰问演出、放映。当地职工得知后，步行七八公里路鸣鞭炮夹道迎接。领导干部在一年一度新春佳节里，离开自己温馨的家，来到群众中与民同乐，场面往往是很热烈、感人的。有个部门的几位领导不等别人来登门拜年，大年初一就一起到部下家里——登门走访，感谢部下过去一年对他们工作的支持，希望在新的一年里合作得更愉快，并向部下家人表达亲切祝福，一下子干群关系就密切多了。有位姓刘的领导干部，他今年的拜年别具一格，他没去走访部下，而是把他们都请到家里来，围桌吃火锅。过去是下属请领导，现在倒过来了，领导请部下，上下关系、同事关系一下子就融洽了许多，平日里结下了什么疙瘩也在觥筹交错中冰释，互相又握手言欢了。

B. 中国是个礼仪之邦，民间很注重礼节来往，同学、同事、师生、师徒、旧友、亲戚间在春节里互相拜访，司空见惯。

王家与李家每年都约定初二、初四两日互请拜年，雷打不动，事先不打招呼，到了那天就一定来。他们这样的互请还是从"文革"下放期间就开始的。本来同在一座城里却互不相识，后来下放到同一个村子里，才开始认识、来往。李家有人回城一定得为王家捎带点城里的东西；李家有人病了，王家也同样着急，如自家患了病，到处寻医抓药。弄到点山货，两家人都能共享。于是在一个偏远的山村，两家同患难共甘苦，度过了那段艰难、辛酸的日子，彼此间结下了深厚的友情。政策落实、快回城时，两家约定每年都拜年，初二先到李家，初四再到王家，如此有十余年了。可喜的是两家后代虽已结婚成家了，但到这两日，都会携儿带女同去，气氛好不热闹。

C. 去领导家里拜年，按其比例来看，可能是最多的了。给领导拜年的人，所持目的也各异，有融洽干群关系的，又拉关系套近乎的，有求官保职的，有解决住房困难的，有解决子女就业、夫妻两地分居问题的，等等，不一而同。

小廖是恢复高考后比较早考上大学的，在校时埋头攻书，学习成绩一直名列前茅。毕业分配时，组织上把他列入"第三梯队"来培养，分在某机关工作。他上班时勤勤恳恳，下班时闭门在家看书、写作，全然还是学校里那一套。七八年工夫下来，东西发表了一大沓，可在领导眼里还是没多大"进步"。眼看昔日同窗一个个都提升为处长、科长、经理、厂长，或晋升为中级职称，或赚了一大把票子什么的，而自己在职务一栏里却还只能填科员。没职务就只能拿个本科工资八十二，更不用说住上套房，过上好日子了。夫妻俩都挺着急，爱人替他寻根源：平日里走动得太少了，领导家里门槛都不踏一下，还指望人家了解你，提拔你？除夕之夜，爱人就在他枕边吹风：春节里你什么都别干，头等大事就是去领导家里拜年喝酒，家务事由我一人承包了。小廖因搞不清楚本单位领导住的单元、楼层，又不便问，敲了几家的门都不是；进到领导家里，又生怕被同事、熟人撞上，说话结结巴巴不成串，屁股没坐热就逃之夭夭，场面甚为尴尬。近乎没套上，反而给领导留下"还不成熟""不老练"的印象。他沮丧极了，后悔当初分配摸错了门。

黄君去领导家里也很少，但每年一次的拜年非去不可。即使扑空了，也得来回跑上几趟非见上一面不可。他有自己的想法，领导事多，就少去打搅了，再说去得太多，说得太多，什么马脚都露了，在领导眼里就常见不奇了。春节里去拜年，是名正言顺的，也引不起别人猜疑，领导心里也不会提防，但得留下深刻"印象"来，得突出自己的特色、分量来，像送点烟酒，给小孩几个压岁钱，请吃顿饭，就太一般了。于是每年他都要挖空心思地送上一份领导急需的、又能留下深刻"印象"的礼物来。即使过了些日子，领导在适当的场合仍会夸上几句说他是如何如何地好。

D. 张局长是个管人事的局长，来拜年的也就特多，往往这拨人还没走，门外又来了一大拨人，跟他聊上几句，都得依次排队。偏他又喜欢啃几本新潮书，过年这几天不上班，正好过过瘾。于是他想了个办法，大年初二就躲到已出嫁的大女儿家里去偷闲，而在自己家门口挂上本留言簿、一支圆珠笔，扉页上书：因事外出，请来访者留下尊姓大名，来日面谢。

老赵也是一局之长，但去年退下来，今年来拜年的就骤然减少，以前是走马灯似的，递烟都递不赢，今年冷冷清清的，门可罗雀。更令他气恼的是，儿子、儿媳带上小孙子，大年初一就出去拜年了，白日不落屋，晚上到睡觉时才醉醺醺回来，把他们两个老的搁在家里，想跟孙子亲近一下都没机会。他想发脾气，儿子倒先发话："爸，以前是人家求我们，现在是我们求人家，时代不同了，我们不去拜年，还指望人家来向您拜年？"一边说一边抬脚就跨出了房门。他立在客厅中间气得头皮发胀。这时，门铃响了，进来几位小时候的哥们，鞋都没脱，老赵就把他们一把拉了进来。一个说："老赵，以前你当了官，咱不来，现在退下来了，有闲工夫了，咱哥们几个就来串门了。"几句话说得老赵眼泪直打滚。

不过今年拜年跟往年相比，也有所变化。一是送礼品，请吃喝的少了。各家相互走走拜个年，说几句吉利、祝福的话就告辞了。二是喝酒少了，尤其是喝烈性白酒的少了，要喝也多是低度白酒或甜酒，有的干脆以茶代酒。餐桌上摆几盘水果、瓜子、烟，泡上一杯茶聊聊天，这在职务较高的领导干部家里、高级知识分子家里尤为多见。有个高级知识分子趁大家拜年之机，躲到办公室赶写论文，叫爱人在家里张罗应付。由于平日里深思熟虑，一下子就拉出了几篇颇有见地的论文。三是拜年之风正由内地向沿海开放地带，由中老年人向青年人依次减弱。笔者在一靠近沿海地带的城市了解到，有个机关单位，领导年前就约好，今年都免了登门拜年，上班之日每人带上一包自己家里的年货到机关来热闹一番，就算拜了年。在特区很多人则用 BB 机向对方说几句发财吉祥的话就算拜了年，方便得很。而大部分年轻人则不像老年人那么讲究，打个电话，碰到面说上几句玩笑话，简便得很。

（此文刊发于《赣南广播电视报》1993 年 2 月 3 日）

同异相兼　风范永存

——《周恩来》《焦裕禄》两部影片的比较

在百部爱国主义影片中，《周恩来》和《焦裕禄》均取材于名人真事，采用纪实风格拍摄，获得了成功。比较两部影片的异同点，耐人寻味。

首先，在选材上，均选用名人传记。《周》片选取人民的好总理周恩来一生中最后十年，《焦》片则选取人民的公仆、原兰考县委书记焦裕禄一生中最后一年，都是人生的最后岁月。在材料的组织上以时间为序，选取最能闪光的方方面面、大大小小的事迹构建全片。如关心群众诸多疾苦：周总理飞抵邢台地震灾区看望受灾群众，带病赴延安老区帮助该区人民解决温饱；焦裕禄带领县委委员去火车站看望外出逃荒的人群，抱病冒着风雨看望生病的老大爷。他俩甚至说出来的话语都极相似，一个说"我代表党中央、毛主席来看望大家"，一个说"我是您的儿子，毛主席派我来看望您老人家"；一个说"我没当好这个家呀"，一个说"是我的工作没做好，让乡亲们受苦了"。言语中都饱含着对群众疾苦的关心，体现出党的无限温暖。又如重视知识和人才、关心同志：周总理在动乱中仍惦记着建设鞍钢的功臣，在天坛散步时痛心惋惜含冤自尽的著名剧作家老舍，力保处于危难之中的贺龙、陈毅元帅，在贺老总遗像前连鞠七躬；焦裕禄则赤诚挽留、无微不至地关心技术员小魏，在老厂长去世、参加吊唁的群众走后失声痛哭。他们对待家属，既有眷眷深情又严格要求。他们积劳成疾，得了不治之症仍带病为党为人民忘我工作。他俩的去世，引起了广大人民群众无限悲痛，十里长安街哭总理，几十万兰考人民祭焦书记，场面之悲壮，无人不感人落泪。

但因两片反映的对象所站的角度不同，在选材上也有所不同。《周》片以总理在关系国家前途命运的非常时期力挽狂澜为主线，如制定重大的国计民生决策，辅佐毛主席处理国内外政务，与祸国殃民的林彪、江青反革命集团作不屈的斗争，临终前还念念不忘祖国台湾的统一大业等。而《焦》片则以焦裕禄解决全县人民吃饭问题这条主线来构思全片，立足本县的具体工作。如他带领全县人民植树治风沙，顶住县长吴荣先的指责与压力，冒风险购进高价粮抢救基层干部群众等。

其次，从时代背景的选定、气氛的营造来看：一个是十年动乱，国家机器濒临停止运转，中国的前途与命运未卜的严峻时期；一个是遭受了自然灾害，经济极度困难，人民陷入忍饥挨饿的困境。两部影片均被凝重的气氛所笼罩，但因《周》片面对的是人为制造的危机，关系党和国家的前途与命运，取景又多在庄严、森严的中南海，气氛更显肃穆、忧心，人物更显悲剧色彩；而《焦》片面对的更多的是风沙肆虐的中原，人的活动主要是与天斗、与地斗，风格更显粗犷，人物更富悲壮感。

第三，在形象塑造上，影片撷取的方方面面不仅是为了表现他们的政绩，塑造多层面的性格，更主要的是多方位地在观众面前树起中国的"国魂"、人格的魅力和高尚的精神风范，追求雕塑的美感、稳定的画面构图和真实的原本色彩。但因周总理是伟人，人们对其音容笑貌、一言一行在心目中早已有固定的认知，选取的演员必须形神兼似。王铁成这个特型演员出神入化的表演，给人以仿佛总理再世的感觉。而焦裕禄的事迹虽脍炙人口，但对其人其貌人们尚未定格，在形象上更重神似。

外貌相异的李雪健"走进了焦裕禄的世界"，塑造的县委书记形象同样得到了广大观众的认可。

两部影片在选材和艺术的处理上异同相兼，均把人民的好总理周恩来、县委书记的好榜样焦裕禄两人身上的那种"鞠躬尽瘁、死而后已"的献身精神，强烈的公仆意识、忧患意识和忘我的工作作风艺术地再现出来，其精神风范永存人间。

（此文刊发于《赣南日报》1994 年 7 月 27 日）

抓小康示范村要讲究工作方法

抓小康示范村要见成效，不仅要有正确的指导思想，还要有良好的工作方法。工作方法对路，才能事半功倍。下面结合本人抓小康示范村的工作实践谈几点看法。

一、抓合力。作为地区下派的小康工作组，一进到点上，首先接触到的就是乡（镇）、村、组干部。如何使工作组与这三级干部形成合力，上下齐心协力共同抓好小康示范村工作？首先要解决好两个方面的问题：一个就是人心的合力，一个就是工作的合力。人心的合力就是乡（镇）、村、组干部与工作组要在思想上共同提高对抓小康示范村工作重要性的认识；工作的合力，就是小康组的工作与乡（镇）、村、组的工作在内容、时间的安排上要尽可能一致起来，特别是涉及千家万户的工作如开发果业、冬种等要上下一致，形成一种大气候，才能抓好。其次，因村、组的工作多由乡（镇）党委、政府统一布置，工作组应多与乡（镇）领导沟通协调，把小康示范村工作纳入乡（镇）党委、政府的工作盘子中，形成合力去抓。

二、抓两头。要做好群众工作，应先要在两头做工作，即做好先进、落后两头的工作。抓住先进者与落后者两头来做工作，就找到了比较好的着眼点。做先进者的工作，不需要过多地逐个去做，只需在公开场合表扬，给予明确支持就行。以先进带动中间和落后；对落后者，则应多教育帮助，对极个别可采取处罚措施，以推动全局工作。做落后者的工作，开始难度会很大，会碰到"硬石头"，会吃"闭门羹"，但要看到，处于落后状态的人毕竟是少数，可以集中力量做工作。那些处于观望状态的人看到落后者都去做了，自己想观望也没有理由了。俗话说，村看村，户看户，村民看干部。一项工作的成功与否，村、组干部可以在其中起很重要的作用，要使他们不但在决策上处于主动地位，而且在实际行动中也起模范带头作用。干部带头、以身作则具有无可比拟的影响力。

三、抓示范。抓小康示范村顾名思义是要在全区众多的乡村中树起一批示范村、组来，作为下派到点上的工作组，人力、财力、物力都有限，在寻找突破口上，应集中力量抓出几个示范企业、几户示范农户来，以此来带动整体。那种"撒胡椒面"、指望全面开花的做法是不可取的。树起一个成功的典型的影响因素是很多的，但关键的因素还在于人，这就要求在示范项目、示范农户的选择上，除要找到适合的项目，还要找到适合的人选来。如在项目的选择上，要考虑当地资源、交通、电力、市场，在户主的选择上要考虑其劳力、资金、技术场所等，要把这些物质方面的优势选择好；在人员选择上还要考虑其是否有胆识，是否敢冒风险，是否敢闯敢干，这是精神优势。如能首先抓出几个示范企业、几户示范农户来，那些存在"怕"字心理的农民就会逐渐减少，自然而然会跟上来，从而由点到面，带动一大片，真正发挥示范效应。

（注：本人在赣州地委政策研究室工作时，曾被派去赣县五云乡南田村夜饭坵村民小组抓小康示范村工作，此文为当时的心得体会，刊发于《赣南日报》1995 年 3 月 21 日）

赴井冈山学习感怀

一条路，

一条弯弯曲曲的山路，

一条从农村通往城市的光明之路！

走出了一方世界，

走出了一片辉煌！

敢闯新路，敢为人先！

一盏灯，

一盏普普通通的油灯，

一盏点亮了中国革命前程的不熄之灯！

照亮了寂静的山村，

照亮了迷惘的东方！

星星之火，可以燎原！

一根扁担，

一根笔直的扁担，

一根一端连着军长一端连着士兵的不朽的扁担！

挑出官兵一致平等和谐的关系，

挑出新型人民军队同甘共苦、并肩战斗的情谊！

以少胜多，以弱克强！

（此文于2009年6月市委党校第14期离岗班赴井冈山接

受革命传统教育时所写）

圆愿

久怀夙愿心，遍走诸乡镇。

今日忙里闲，圆梦于沙心。

消灭空白点，了却垒结情。

（注：我于 2009 年 7 月任赣州市委组织部副部长，立志走遍全市 290 个乡镇（街道），终于在 2021 年 8 月 5 日走到最后一个乡——于都县沙心乡才了结此夙愿）

我的父亲

　　明立荃公生于丁卯年（一九二七年）八月二十三日，逝于乙酉年（二○○五年）九月十四日午时，南康麻双坝孜村以财公幼子。

　　立荃公茂才聪伶，学高同侪，乙丑年毕业于省立南康中学，乡居教育先行者。正值家国艰难，励志图强，勤勉敬业。历教师、会计、司药诸职，忠于职守，事业有成。一生好学，颂古文，撷经句，读医书，阅报刊，博学深思，行齐先贤。

　　立荃公珍爱家庭，前妻袁妹英年早逝，再娶仁兰为伴，相守风雨43载，养育子女，人丁兴盛。

　　立荃公开一地之先河。甲寅年（一九七四年）芭蕉坑首迁通衢。癸亥年（一九八三年）长子心平"蟾宫折桂"，成为恢复高考后坝孜村首位文科大学生，益国利民，垂范乡村。

立荃公礼贤乡邻，言行谦逊，行顾蝼蚁，品德笃诚，传道授业，治病救人，礼仪民事，有求必应，恩泽裔辈，造福乡梓！

呜呼，古稀之年家事和顺，其亲欲养而恩慈不存。好人不报，厄运降至。天不假其年，然音容犹在，教诲永铭。青山常在，浩气长存；日月辉映，世泽后人。

（注：2005 年 9 月 14 日上午，我正率队赴南昌考察社区工作，忽接家人电话，父亲突遭车祸，我半途折回。医院尽心抢救，但无力回天，溘然长逝。我悲痛至极，提笔写下父亲一生令我刻骨铭心之处，又请我同学刘德、同事李松柏润色，作为墓志铭雕刻在我父亲的墓碑上，以寄托哀思！）

我的母亲

母亲吴仁兰,于一九三二年七月十日生于南康横市长南村,殁于二〇二〇年元月三日麻双坝孜村。享年八十有九。

仁兰为娘家长女,自幼勤苦,仁和刚正。于归有再,子女九人,迄今膝下承恩近六十人。兄弟姊妹及后代有8人受过高等教育,余亦携一技之长。子孙多迁居城市,人丁、家业兴旺。圆满完成女、妻、母、祖诸使命。铭恩记慈,尽心与责,度过平凡艰辛,自持自立一生。

撑持家庭,哺育子女,乃母亲一生之坚守。终年劳碌无停。寅时备早,催促上学;清正家务,队里点卯。晨曦菜地浇水除草,日落田间打药施肥。分田到户,带子女承担繁重农事,既担一家生计，又偿清大队千元超支。为生存时有激越，不屈抗争，也传予子女顽强拼搏之精神，树自尊自立之心性与斗志。

三年困难之时，两儿同患麻疹，星夜奔走山路，赴娘家求药寻医。于儿女早夭普遍年代，九子女俱存堪谓奇迹。五十年代末，她和家人肩挑手提建房安家立业。七四年从深山搬至公路侧建新房，为当时本队第一幢新居。便于子女读书谋业，亦启乡村易地搬迁之先例。长子心平，八三年荣榜江大，为本村文科第一大学生，位及正县，为乡梓效力不已，众口称道。

母亲常自夸一生做成三件事：养大了九个子女，培养了一个大学生，盖了两栋新房子。我们感激母亲，怀念她的不易并为之自豪。也期望子孙后代，记住先祖筚路蓝缕之初心。

（注：母亲去世时，虽不忍两离，但心里已有所准备，去世后，我也像写父亲一生一样，为母亲写下令我终生难忘之处，又请我同学刘德润色，作为墓志铭雕刻在我母亲的墓碑上，以永远纪念！）

我读书的经过

明立荃

我十二岁（1939 年）才启蒙入学，因为那个时候坝孜还没有小学，只刀子石有一所小学；又因家里离学校太远了，家里不放心，以致这么大才入学。那个时候还有封建迷信思想，初入学这一天要天还没有亮就去学校里，说什么去的时候在路上不要遇到女人，遇到了女人会读书不出。去的时候还要背着去，还要办盘子去。我三哥背着我，我大哥担着盘子，提着一个塔纸灯去。学校设在一个痷里，我在这里读一年级，成绩总是第一名。入学前，我的毛笔字就写得很好，八九岁时，我爸就请别人写摹本给我摹字。那个时候的竹纸很薄，很好摹字。

1940 年坝孜里也办起了一所小学，校址在黄庆华家中，庆华奶奶做学东，这一年我就读二年级。

1941 年就在新屋里赵乘余家里办学，赵乘余奶奶做学东，这一年我就读三年级。

本村里没有完小，初小四年级为最高。1942 年过了年，我去横市姐姐家里玩，听到横市中心小学会招考五年级学生，我报了名。到了考试这一天，我去参加了考试，结果我考上了，成绩还可以，录取在甲班，就在这里读到六年级。六年级下学期，县里提出毕业班全县统一会考，因此通宿学生也要搬到学校里住，学习抓得特别紧，老师早晚给我们补课，那个时候还没有电，晚上就用煤油点汽灯，早上打霜冰冻天气老师也来得很早，很有劲地给我们上课，我们也不要出什么补课费。到了会考时，北片都集中在横市考，会考后听说我班全班会考都及格了，毕业文凭上多一颗章子"会考及格"。

在 1943 年以前，各级各类学校春、秋两季都会招生。1944 年开始改为秋季招生，上学期就没有学校招考。碰巧，鹅坊李荣材读的学校里会办补习班，他读的这个学校叫江西省立赣县乡村师范学校。我鹅坊大姐听到他讲，就进来我们家里问我会不会去那个补习班读书，我满口答应会去。过了几天，横市的姐夫送我去。江西省立赣县乡村师范学校（简称省"赣师"或"赣县师")的校址选在梅林河对面的龙坑，补习班的校址就选在龙坑口上的一个庵里，膳宿都在这里。教室就在附小那里，不远。补习班只有40多个学生，"赣县师"的老师担任补习班的课。"赣县师"到补习班可有一里多路，星期日我们也会去"赣县师"玩。这条坑很长，教室宿舍都是用竹片砌的平房，糊了泥巴和灰石。因为那个时候日军的飞机经常会来赣州轰炸，所以中等以上的学校都搬到乡下去办，城里只有小学。有一次我们进城住在西津路（老早也会叫豆豉坬）明源开的南康客栈，晚上十点多钟来了敌机，我们睡着了，打空袭警报我们都没有听到，打紧急警报我们才听到，敌机都快到了，老板不让我们出去，我们强行打开门出去了。大街上的警察在维持秩序，叫不要乱跑，人群都快步而悄悄走两边骑楼下往城外疏散。我们就躲在西门外河边上（现在的人行桥下）。这里很多大树，听到轰轰响了两下，大家也不敢说话。听到打了解散警报，人群就陆续地回城里，回到店里议论，可能是丢了两个炸弹，并不知道在什么地方丢的。第二天一早就传来消息，在黄金飞机场上丢了两个炸弹。

星期日，我们邀几个同学坐渡船到梅林玩。之前也去过几次，那个时候梅林人家很稀少，只有几处学校，一所叫江西省立赣县中学，一所叫江西省立赣县女子中学，一所叫大中职业学校。还有一个酒精厂，靠河边有几间商店，没有什么街道。龙坰附近也没有圩镇，我们吃的米菜都是从赣州用船运来的。因此到了星期日，除了去龙坑"赣县师"玩，都没有去哪里玩，就只有到教室里看看书和做作业，或到寝室里休息，就这样度过星期日。

光阴似箭，日月如梭，尽管我是第一次出远门，常会思乡，但是日子总是一天一天地过去。不觉到了三月间，家里写来一封信，说妈妈患了重病，要回去看看。我第二天请到假，回到家里才知道，妈妈患了中风病，半身不遂。四月间妈妈就去世了，家里也没有写信来告诉我，之后请假回家才知道妈妈去世。爸爸对我说了一些过程，当时情况很急，来不及写信告诉我。说到这时，我痛哭起来，爸爸安慰着我。回到学校里，我也总是闷闷不乐，想起以前妈妈说的一些话，她常常鼓励我读书，她一年养到两头大猪来，就够供我读书。因为那个时候读书学费很便宜，普通中学要交更多钱，其他的师范学校学费钱都很少，伙食也由国家供给。我知道家里很穷，经济很困难，我不会去读普通中学。那个时候读师范和读高中的还可以换兵役。因此，我下决心读师范，在补习班一个学期很快就结束了，同学们都各自回家各散西东，会昌、于都、赣县、信丰、南康、崇义、上犹都有同学在补习班。

一个暑期在烈日下度过，开始招考的时候到了，各级分类学校都贴出了招生的通告。我看见了江西省立赣县乡村师范学校招生通告"招取简一新生二个班各 100 名"，写了什么时候报名，什么时候考试。到时候我报了名，在赣州检查身体后，去到龙坑比较晚了，这里又是乡下没有旅社和饭店。早到的考生就住进了老表家中，到得更晚的考生就在学校附近的草坪上坐着，东一伙子，西一伙子。听说报名报了 1200 多人，像这样一条坑要容纳下这么多人，怪不得到处都是人山人海。好在有很多饭摊子和饮食摊子。晚了没有进到老表家里的考生就往教室里去，找个睡觉的地方，可是没有课桌，打二股桩钉一块大木板代课桌，上面已写好了号码，老师到各个教室去打招呼，说不要弄坏了桌子和号码。没有席子，用自己的袋子做枕头。就这样睡在板桌上到天亮，起来漱漱口，吃点东西，蹲在草坪上等着考试。考试铃响了，考生们都进入考场，但我第一堂课——国文——就没有考好，作文没有写好，作文题目是《龙坰风光》，本来这篇作文很好写，因为我们在龙坰住了一个学期，对龙坰的山水河流、一草一木也熟悉，按道理，我比其他首次来到的考生一定要写得更好的。但我对"风光"两字不理解，不知道什么意思，因为以前我选抄了很多模范作文，没有读过"风光"的题目。我想"赣县师"出这个题目都是照顾我们这些补习班的同学，可是我没有写好，气得我很苦。这也说明我在作文这方面知识面不是很广。这次考试，我知道我会落榜。开学的时候，各级各类的学校有的发录取通知，有的登报。可是没有我的通知，这个学期就在家里参加劳动。

1945年年初，日军打上赣州，时常会到凤岗、唐江来骚扰。原来从赣州搬到凤岗圩的江西省立赣县女子师范学校就搬到横市小学来办，贴出了招生通告，会招伴读生，但要经过考试，成绩及格的录取，我报考了初一，录取了，学杂费共计大米八斗，书籍自备，读了一个学期。八月份日军宣布投降，"赣女师"又搬回赣州去了。开学时"赣女师"介绍我们转学，我没有去，认为日军投降了，国家平静了，家里经济又很困难，放松了继续升学的积极性。但是我对读书还是很感兴趣，每天劳动到晚上，我都还会看些书才去睡，这样又过去了一个学期。

1946年上半年在家参加劳动。割完早稻后，听到风声，又要征兵了，我想自己身体瘦弱，体力劳动都吃不消，当兵更吃不消，还是继续去升学好。要读就读师范更合适，到了招考的时候，我看到了南康县立中学的招生通告，会招考简师班50名，学杂费共计大米五斗，伙食费国家供给。我报了名，考试那天进考场时，我沿一边走廊下过，碰巧走廊下放着一块孔神牌，原来这是一座孔神庙，已改建为南康县立中学。第一堂是国文作文，题目两个：一个是《我敬爱的一位老师》，一个是《我的家乡》。作文我就选择了《我敬爱的一位老师》，因为以前我听老人家讲过，孔夫子很会教学生读书，"门下弟子三千，七十二士"，到现在还有很多人尊敬他。作文前段说了一些孔夫子的事，后段我就写我敬爱的一位老师，这样念起来这篇作文还可以。因为第一堂考试还好，对后面几堂考试更有了信心，结果考上了，榜列26名。因为当时的交通很不方便，通讯很困难，虽然登了报，我却没有得到消息，差一天就停止报到。好在韩景照来芭蕉仚问立桂家里买竹时告诉我。他问："你还没有去学校？"我说："没有。"他说："你考到了，我就没有考到，你明天就要去，后天就停止报到了，登了报，上街子王家鸿店里有报纸，你找到来看一下。"我把牛牵回家里不放了，就跑到横市街上找到那张报纸，一看是有我的名字，排列在第26名，很高兴地回到家里告诉大哥（立万），说我考到了，明天就去，后天就停止报到了。好在那时候读简师班

很省钱，学杂费才五斗大米钱就够了，伙食费国家供给（每月
五斗大米伙食费）。吃过晚饭大哥同我找到坝孜里问王老板借
钱，王老板看到我两人来就问，你们两人这么晚来做什么？我
大哥说："我弟弟考到了学堂，明天就要去，后天就停止报到，
家里又没有钱，来向你借点钱。"王老板问要多少，我讲了下，
王老板很好，满口答应可以。借到钱回了家第二天一早就去了
学校报到。从 1946 年下学期到 1948 年上学期市场上的物价都
平稳，国家供给我们的伙食每个月除了本月的伙食费还可剩下
点钱退回我们，我们可以拿来做每个月的零用钱。这样连零用
钱也不需问家里要，伙食还吃得很好，每餐四菜一汤，八个人
一桌。从 1948 年下学期到 1949 年上学期就不够了，市场上的
物价大大上涨，国家每月供给的伙食费只够吃半个月，还有半
个月就要家里垫付。这几个学期搞得家里的经济很紧张。1949
年 8 月份解放战争接近尾声，市场上的物价又平稳了，国家仍
然照以前每月供给我们伙食费大米五斗。

　　家里都是靠借别人的田耕，没有搞其他什么营生，在经济
上经常都很困难，我经常也会想到家里的经济问题，于是每个
寒暑假我一个人都要到自家山上打到三四十担松片柴担去卖，
给家里零用，减轻家里的经济负担。

我去的时候南康中学是县办的，叫南康县立中学，1947年省里来了一个督学到"康中"考察工作，做了一个报告，报告时他说这个学校在全省来说数一数二。1948年就改为江西省立南康中学，以后简称"康中"。"康中"的旧校址是现在的赣南卷烟厂，在"文革"时期把"康中"改建为卷烟厂。这里是一个办学的好地方，校门对准一支文峰，前面是一条蓉江。我还记得"康中"校歌中有两句词是"文笔峰清蓉水绿，风和日丽映康中"。早上自习时可拿着书本沿江而下或沿江而上，在新鲜的空气中非常舒服。晚饭后散步，也可沿江而下或沿江而上。虽然离城很近，但很僻静，不会影响学习。我在这里不觉度过了四年，完成了简师四年制教学的课程，获得了相当于现在的中师一年级的学历。

（注：2021年春节假期，我整理资料，发现父亲生前写的《我读书的经过》文稿，字体娟秀，娓娓道来，读罢才知父亲少时求学之艰难，难怪他养成了孜孜不倦的读书的好习惯；也更理解我们小时候他老人家在当时家里那么困难的情况下，仍花尽所有财力甚至不惜到处借钱供我们读书，以致有我们今天幸福的生活。虽然他老人家辞世已十六年了，但他的音容笑貌仍时

常浮现在我眼前。他一生历经坎坷，从未享过福，当我们有能力孝敬他老人家时，他却遇难而逝，子欲养而亲不待，给我们留下永远的痛和无尽的后悔！这篇文稿虽然不长，没有署名，也没有落款的时间，但对我弥足珍贵，现整理出来，收录进此书，以示对父亲永久的纪念。）

后记

人生轨迹的轮回。2019 年 1 月，赣州市委一纸令下把我从市政协秘书长调去市委宣传部做常务，使我又转回到原点，我 1987 年 8 月由江西大学中文系毕业被分配到赣州地区文化部门工作，干过编剧、编辑，当过文秘、科员，还教过书，特别是在《赣南文化报》责编位置上干得有滋有味，在那过了意气风发、激情燃烧的 5 年岁月，1992 年 7 月才离开文化部门到地委政研室工作，在市、县组织部，市政协转，做的多是起草讲话、文件、调研报告等活，无暇顾及文学，我常戏谑道：

一提笔就是"同志们"。现在又回到宣传文化口,绕了个大圈又回到了原来的初始点,真是命运之神在冥冥之中的安排!之前看电影、看电视、看戏是业余消遣,写文艺评论、诗歌、散文是业余爱好,现在却是工作、主业了。过去是逻辑思维多,现在又要转到形象思维多的行当了。我想,倘若你在这个口子待久了弄不出点东西来,人家还会说你不懂业务,是个"门外汉"。由此,每当我看到别人的大作力品时,总会想起自己是学中文的,也曾喜欢过舞文弄墨。一本《小说月报》从1983年跨入大学校门延至今日近40年都还在订阅,不知该刊订阅如我者有几人?文学梦一直是自己想圆的梦!我可有这个能耐也弄几个东西出来让世人瞧瞧?为此常常想入非非,两手痒痒,心难平静。

一个偶然的机会,经江西科技师范大学艺术学院原院长、赣南采茶戏著名演员黄玉英老师的介绍,结识了百花洲文艺出版社的青年才俊、赣州老乡朱强主任,谈笑甚欢,大有相见恨晚之感。他问我有无写成的或正在写的东西给他看看,于是我把30多年前参加工作不久写的几篇文稿发给他,他选中了《来自赣南采茶剧团下乡演出的报告》,竟然在《百花洲》文学杂志上发表了出来!

　　随后朱主任又约，能不能搜集下类似《来自赣南采茶剧团下乡演出的报告》这样的文稿编个小册子看看。于是我翻箱倒柜主要挑了些在文化部门工作时写的文稿，和其他部门工作时写的若干文稿，加之我大学的毕业论文，尤其是我父母亲的祭文、父亲的遗稿等一并汇集，凑齐一本，因内容太杂，文体太多，五花八门，很难统一，就按写作、刊发时间顺序，记流水账似的辑录下来，按时下养生之道，取名《五谷杂粮》，希望"食"后更健康长寿！

　　册子中有多篇系合作之作，有的是兴趣、爱好上的合作，有的是与领导工作上的合作，但都留下美好的记忆，在所合作之文后一一注明，以文字作证，不敢贪功。历经沧桑，他们和我一样大都离开当初的单位，人生走向均有不同，我与他们有的失去联系，有的仍有来往。偶然相遇说起当初在一起合作之事，仍兴奋不已，滔滔不绝，仿佛就在昨天。

　　由于大多文稿时间久远，在收集整理过程中，难免有许多错谬之处，请读者批评赐教。

　　浪费您的时间了。

作者于赣州 1959 室

2022 年 6 月 18 日